Seba

蝴蝶館 35

瀲灩遊 IV

蝴蝶 ◎ 著

楔子　盲目的良善和清醒的心機

瀲灩已經想不起第幾次想謀殺周朔了。

當然，她不得不承認，周朔是個高明的師傅。以這個世界來說，他擁有跟鄭劾不相上下的「歲月」，雖然跟他們熟悉的道法有若干誤差，但他的確別開蹊徑的擁有許多奇思妙想，天賦加上苦功，一個活了漫長歲月的人類，在他們那邊都可以排上高手譜，真正的修道者。

是的，非常該死的天賦。他擁有一種誰也沒有想過，無視若干規則的天賦，可以扭轉、規避瀲灩和鄭劾試圖制服他的任何法術。最少現在的他們，一點辦法也沒有。

「這算是人類少有的天賦之一啦！」這個笑咪咪，自稱是來幫他們「複習」的師傅這樣說，「人類和眾生的天賦不太相同。眾生是大家都有一點，分得很平均……

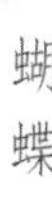

大體上來說，人類則是大家都沒有，像是把所有天賦都集中在一、兩個人身上。不過……你們若夠強的話，應該可以破除我這天賦的保護屏障呀，來自原界的高手宗師。」

一面不著痕跡的嘲笑，一面把他們兩個電得金光閃閃。

他們簡直像是脫了層皮才能下課。鄭劾還倒在一旁抽搐，瀲灩還好一點點……不是她比較強，而是這個該死的死人頭子對女孩子比較手下留情。

她無力的朝鄭劾頭上澆了半瓶水，剩下的澆在自己頭上。這不但可以讓他們清醒一點，還可以阻止冒煙。

抬頭望著天上的三個月亮，銀白的、燦金的、寶藍的。然後在寶藍的那個月亮上凝視許久。

說不定沒有謀殺周朔是為了這個。到了該寫明信片的時候，她正焦躁難安時，周朔把他們喚到他的住所，指了指電腦。

她雖然知道電子郵件，但她不相信可以寄出去，更不知道該寄去哪。

「寫就是了。」周朔淡淡的說，「上面有人可以幫妳印出來，寄到妳想要的地方。」

她真的以為這是個惡毒的玩笑，但還是照辦了。直到周朔將郵局的編號和到達時間遞給她，這才相信是真的。

所以，他們靠著這個比蛛絲還薄弱的聯繫，告訴漸微，他們很好，還活著。

鄭劾終於有力氣翻身了，他側躺著，一起默默看著天上寶藍的月亮。

不得不承認，他們原本的優越感的確幻滅得很快，但也證實了他們最初的推測。正因為這是個幾乎等於靈氣真空的世界，所以基礎特別紮實。真正能夠站在頂端的修道者，都擁有一種接近蠻橫的實力。

這讓他們回頭徹底檢視自己過往的修行，不禁驚出冷汗。他們太仰賴外在的靈氣和靈氣衍生的天材地寶，連瀲灩都有種重拳猛揍在胃上的痛苦感。

還敢說鄭劾有塊磚擺歪了呢！瀲灩想。她也沒好到哪去，根本就沒有把基礎打好，像是在沙灘上蓋得富麗堂皇的碉堡一般。

這個孤界，讓她很驚奇。凝視著寶藍的月。她想到這個世界的種種不幸，異常悲劇的。奇妙的是，這些悲劇卻不是真的是陰謀或毒計所組成，這是讓她最不解的地方。

像是織錯了一針，就不斷錯亂，成了扭曲得瘋狂的地毯。知道越多……

「都是創世者的惡毒所致。」她喃喃自語著。

「不對喔，他並不是存心惡毒的。」周朔的聲音突然在他們背後響起，讓他們兩個都跳了起來。

「哎呀，哎呀。」周朔大大方方的坐下來，揮手擺出酒壺和杯子，「我做得過火了麼？下課了還這麼怕我？」

「……我們怕你捨不得，還來加班『補習』。」鄭劾對他翻了翻白眼。

「我沒那麼勤奮，魔王又不肯給我加班費。」周朔頂了一句，注滿了三杯酒，遞給他們。

「……什麼意思？」瀲灩接過酒，狐疑的問。「我想你沒見過創世者吧？」

周朔聳聳肩，「我出生的時候連悲傷夫人都隱居了，誰也沒見過。我還比雙華帝小一千八百多歲哩……」

「那又何以斷言，創世者不是存心惡毒？」

周朔沒有直接回答，只是望著寶藍的月好一會，抿了一口酒。「喂，聽說你們還滿喜歡寫信給那個鐵皮人是吧？叫做漸微的機器人？」

「不要用這種口吻說他！」瀲灩和鄭劾一起吼了起來。他們的聲音實在太大，差點讓周朔把所有的酒都給灑了。他驚愕的看著兩個突然發火的少年少女。

「他是我的、我們的……」鄭劾氣得口齒不清，瀲灩接下去說，「他是我們無血緣的父親，請你敬重他是個有靈魂的物靈！」

周朔瞪大眼睛好幾秒，笑了出來。「……真是可愛的反應。現在我多多少少能明白一點了……」他語氣溫和下來，「我道歉，不該被人類沙文主義束縛。」

「我認識他的『生父』……雖然是死掉的。」周朔正色，「他在冥界當過很長一段時間的貴客，後來才克服『人界恐懼症』轉生了。我跟他很熟……也是從他和『兒子』的關係，我才算是部分證實原本的假設。」

瀲灩和鄭劾相視一眼，眼底都有相同的困惑。

「我是個彌賽亞，命定要沉入地維或成為天柱的繼世者。」周朔語氣平靜，「但我被喚醒，知道自己的命運之後，卻跟從未來之書流浪了好一段時間。

「事實上，就像是那位德國科學家創造了機器人一樣，未來之書也是創世者所造。」他頓了一頓，「而且是真正由創世者親手所創，完全不假外力的。」

「……但我們都知道，創世者創造了七聖神和世界。」瀲灩遲疑了一會兒。

周朔彎起一抹耐人尋味的微笑，「七聖神不算他所創，說是他啟動的比較好……只是賦予他喜歡的零件和烤漆。這世界嘛……我也滿懷疑的，誰都可以按個鈕發射原子彈，但按鈕的人總不見得是發明原子彈的人。

「若說諸多創造物當中，有什麼是創世者真正的創作，大約就是未來之書了。」周朔攤了攤手，「任何作品都可以在某方面忠實反映創作者的心靈。

「我跟隨未來之書時，他對我這個註定會早死的傢伙，沒什麼防備。」周朔笑起來，「本來我以為那本破書是個沒血沒淚的混帳……但日子久了，我又不是那麼肯定了。

「當然啦，當我試圖查詢起源的時候，給我的答案總是語焉不詳……那本該死的破書。不是他想隱瞞什麼，而是他會花費大量漂亮如謎團的辭彙去修飾敘述，我又不是對文字很有天分的人……但我記性很好。

「半猜半收集資料……我猜，當然，這只是我的假設。剝除那些華美而神祕的外衣，創世者不過是個著魔的學者。他一直都很熱愛某種學問，相信這個學問可以讓世界更美好，消除所有的對立和偏見……一種很世界大同的理想境界。

「他好像花很多時間在觀察各個種族的社會結構和文化行為。最後他決定還是創造一個比較快，因為舊世界已經僵化而顢頇，一點希望也沒有了。」

「當然沒有希望，因為那個星球炸個粉碎了。就因為愚蠢的理性和神祕的戰爭！」鄭劾啐了一口。

周朔笑了笑，「直到你們來，我們才知道這部分的真相……你看，拼圖又完整了一塊。於是他來到這裡，創造他理想中的世界。」

「並且奪走附近幾個星系所有生命，」瀲灩譴責，「完全不顧後果！」

「我猜他應該不知道會有這種後果吧？」周朔垂下眼簾，「未來之書說，父親常常作惡夢和哭泣，說，『我毀滅好幾個星系來成就一個不完整的幻夢，我並不想這樣。』」

「既然他會後悔，」鄭劾沒好氣，「那為什麼不好好善待他的子民？」

「因為子民不夠完美呀！」周朔交疊雙手，「他所期待的那種一點不公和不義都不存在的世界，真的很稀有。他毀滅了一批又一批的實驗品，卻沒辦法創造出完全沒有陰暗面的生靈。他原本的用意，很良善，真的。他原本是想創造出完美和諧的純淨世界，然後拿這個當個起點，回頭改造他原生的世界。」

「……那種世界不存在。」瀲灩愣了一會兒，「最少每個文明都得經過漸漸進化才能修正到合理公平的境界，這是非常漫長，任何生靈也無法看到盡頭的道路……」

「妳說了『道』。」周朔提醒她。

「道是沒有終點沒有止境的。」

周朔笑了。「妳是個修道者，妳明白這些，所以『求道』。但他只是個頑固又過度理想、懷抱著盲目良善目的的學者。但他的妻子，另一個創世者……我猜她或許也是學者，但比較有修道者的風範。

「她設法欺瞞、哄騙，從他的手裡救下許多註定毀滅的實驗品。甚至開闢了傳送陣，在她丈夫耳目下，將幾乎被淘汰的實驗株送來某界……本來稱為妖界，現在則稱為魔界的地方。

「直到她再也受不了這種殺戮，離棄而去，留下一個修整得亂七八糟的世界。痛苦而憤怒的創世者，更執著於他的完美實驗，越來越偏執，以至於完全獻身給瘋狂。

「但我不認為，這個發瘋的創世者真的憎恨這個世界，就像未來之書也如此。他們用大量偏激的言論來包裝……但真的如此嗎？如果真的只是視為『實驗株』……創世者就不會被瘋狂壓垮，未來之書也不會試圖一再的延緩末日吧。」

周朔抬頭看著寶藍的月，「當然，這些都是假設。說不定他們自己也不清楚。但我想說的只是，盲目的良善比不上清醒的心機。不能因為目的良善就理直氣壯，也不用因為過程的心機就自慚形穢。」

他將酒飲盡。「道的這條路，永無止境，沒有終點。」

他們一起沉默下來。只有風聲和月光搖曳。

「……許多作家都喜歡在作品後面署名。」瀲灩問。

「是呀，連創世者都不能例外呢！」周朔語氣很輕鬆，「他的名字用很奇怪的文字所書寫……未來之書說，那個名字，是『理性』的意思。」

鄭劾倒抽了一口氣。

「於是，」瀲灩凝重的說，「拼圖又完整了一塊。」

第一章 貓臉的歲月

「……這就又要提到猊族的起源了。據說猊族原是東方天界的靈獸狻猊，戰敗後隨軍撤退到魔界。雖然繁衍多代，血統早已混雜，至今依舊以純正狻猊自居。

當初狻猊抵達魔界後，不與他族爭鬥，選了大河之東極北的苦寒之地為領土。疫病爆發後，異常者被流放到大河之西，然而苦寒之地劇寒冬日時，河水結冰，異常者往往集結大軍試圖渡冰東侵，猊族非自願的成為魔界最堅強的一道防線，至今猶然……」

她啃著筆，緊緊皺著眉，凝思推敲，正欲往下寫，房門晃地一聲大響，冰冷的春風夾著朦朧雨霧颳了進來，她慌著護住筆墨未乾的卷軸。

一抬頭，熹夫人美麗卻冷峻的面容像是籠著一層春天也溶解不了的嚴霜。

當然，我不能叫她把門關上……織董在心底小小聲的諷刺。她可是生下親王的夫人。即使織董乃是王妃所親生，但……身耽殘疾的弱女和健康強壯的繼承人是天差地遠的。

魔界至尊的皇儲出世，到底算是好事還是壞事？就因為幾千年來魔界重新有了新生兒，連王妃都懷上身孕，猊王唯恐是「沙漠的春天」，納了百名夫人，十年間生了六十七個孩子，雖然夭折了盡半，只存三十三個……

但猊王的「遠見」，倒是讓眾王領主們大大的掀起納側室的風潮。

「長郡主，」熹夫人冷冰冰的說，「想來，差從人來請妳是請不動的，所以妾身親自來了，可否請妳移駕宴客廳？至尊皇儲已入內城了。」

織董動了動唇，終究還是沒說話。她默然起身，將郡主表徵的額環戴上，就是她所有的裝飾了。

熹夫人應該很不滿意，但沒有多說什麼……或許還帶點幸災樂禍。就身分而言，即使生下繼承人又得寵，身為側室的熹夫人也不能逾越的責備長郡主。

但她可以刺激猊王幾句。

織菫冷冷的苦笑。真滑稽，真荒謬！今天的宴會她根本不用去，夫人們也不用對她使什麼心機。

原本她想戴上面紗……想想又算了。

隨在熹夫人身後，迴廊黝黑的石柱光亮如鏡，映出她天生的貓臉。

戰敗的殘軍入了魔界，身上都會殘存真身的印記，這影響到轉生的人魂或自然生產的下一代。只是她的弟弟妹妹們，都擁有光滑可愛的臉龐，只有她，非常倒楣的，印記的呈現就在臉上。

她的臉孔似人，卻宛如貓科動物，甚至還有六根貓鬚。這讓她看起來滑稽可笑……出生後，驚駭又失望的父王連抱她都不肯，立刻轉身離開。

更糟糕的是，她的身體非常弱，一年中倒有半年無故發燒病倒，更不要提耍刀弄棍。武功既不行，術法也無絲毫天賦。

最重要的是，她擁有這樣強烈的印記，卻無法變化狻猊的真身。

猊王對他的兒女們都有計畫。男孩子保護王室，女孩子用來締結姻親，鞏固猊國的地位。但他的長郡主什麼都不行，恐怕連嫁都嫁不出去……幸好織菫繼承了王妃的聰慧，猊王已經將她送去大地神殿當實習祭司了。

在她還小的時候，的確有諸般不滿，也充滿少女的玫瑰色幻想。但她成熟得很快……心碎是成長最快的路徑，這種滋味她可不陌生。

所以，她完全不了解，魔尊的皇儲來相親，關她什麼事情。好些年前她就棄絕華服首飾，漠然如修女般的生活了。

或許，她那些美麗的妹妹們需要一個怪物似的姊姊襯托？

她冷冷的笑，帶著苦澀的餘味。

宴會一直都是很無聊的，尤其是這種「相親大會」。

就她看來，魔尊皇儲真的是來「親善訪問」，但父王不露痕跡卻高壓的「強力推銷」……說不定是這場無聊宴會中最有看頭的一部分。

真正吸引她注意的，卻不是俊美得驚人的皇儲，而是他帶來的兩個隨從。

有的人美貌帶著凌駕他人的鋒利，但有的人卻和煦如北地珍貴的夏日。這對嬌小漂亮的孩子，氣質卻這樣柔軟高貴，不像是僕人……真正與皇儲平起平坐的。

少女轉眼看到織菫的目不轉睛，便慵懶甜美的對她笑了笑。只是一笑，卻連空氣都芳恬起來。

織菫不禁納罕，這是哪兒來的美人兒？她與皇儲非常親密，若是皇儲的意中人，她的妹妹們可是一點機會都沒有呢！

……這可，不太好。

她心底隱隱覺得不妙。父王堅決暴躁，從來不允許眼前有絲毫阻礙。父王的王座，可是屍山血海堆出來的。

但皇儲也不是好吃的果子。她愁眉緊鎖。雖然看起來這樣俊美優雅，但殤國大君豬油迷了心腸，試圖在皇儲訪問時搞暗殺，這位漂亮的少年竟鐵血無情的反擊，親手屠殺了整宮的人。

希望不要出什麼事情才好呀……

宴會終了。

織菫悄悄的鬆了口氣，在她父親注意到之前，偷偷的溜走了。這種場合不適合

她。

或許，一開始並不是心甘情願的棄絕紅塵。但人總是會習慣的，漸漸的，習慣了安靜的孤寂，對於繁華豔麗、眼花撩亂的世間，慢慢會失去興趣，甚至會厭倦。

原本想回自己的小屋，但她佇立了一會兒，轉了方向，走向她母親的宅院。

不管納側室這件事情讓猊王和王妃的感情瀕臨破滅，也不管猊王已數年未履王妃的台階。但是到今天，王妃依舊是這個國家的國母，與猊王平起平坐。

或許這是父王唯一可以表示溫柔和歉意的地方。織堇想。她踏入王妃莊嚴肅穆的宅院，王妃親衛的女兵向她躬身。

猊國王妃擁有自己的軍隊，自己的土地和人民，並不是依附著猊王的無用婦孺。每任猊王娶妃，都異常慎重。因為這個女人不但是他的妻子而已，還是這個國家的女主人，擁有一半的權力。

更何況，高傲的猊王妃原本是該國武將，戰功彪炳。當時還是王儲的猊王對她一見傾心，追求了上百年才得她點頭下嫁……絕非政治婚姻可以比擬。

但又怎麼樣呢？父王還是為了「子嗣」這個「大義」，不顧王妃憤怒的反對，納了許多側室。

真心誠意的濃情狂愛，終究還是會消磨殆盡。更何況大半的情愛擁有更多更不堪的雜質。這樣想起來，政治婚姻反而好些……因為利益而結合，既然沒有開始，就無所謂結束。

她呆了一會兒，沉重的嘆氣，推門進去。

王妃正歪在床上看書，見她來了，將書一拋。「吃過飯沒有？怎麼捨得離開妳的窩？把頭埋在故紙堆裡，就六親不認了，是什麼事兒讓妳捨得抬頭？」

這麼多年了，王妃英氣不減，講話依舊直率爽朗，沒有那種討人厭的貴族氣息。

織堇彎起嘴角。父王納再多的夫人，做盡多少討好人心的事情也無用。族民心底真正崇愛的，還是這個英氣勃勃的王妃。

「吃過了，娘。」她頓了頓，「父王要我去參加宴會。」

原本笑著的王妃，迅速的沉下臉。「妳若不想去，很可以不用去。那男人有話，叫他來跟我說。諒他也沒那個膽！」

織堇趕緊撫慰暴怒的娘親，「難得熱鬧，偶爾也要參與家裡活動不是？倒是聽父王說娘親身體不好，我來請安的，不行麼？」

王妃氣才平了些，任性的甩了頭，「我逢宴必『病』，妳不知道？就算沒病，被那群爛女人的香水也薰病了！猊國若滅，絕對不是因為異常者來襲或子嗣斷絕，大約是讓女人脂粉錢拖垮，不得不把國賣了好付鉅額國債這麼滅的！」

織菫失笑起來。名為母女，但她和母親的心性卻天差地遠。即使下嫁給猊王，成了尊貴的王妃……她依舊是武將。打仗精細，武藝超群，但卸了戰袍，私底下卻迷迷糊糊的大而化之。

有些時候，都覺得母親比她還小，很是純真可愛。

最初的脾氣發過了，她又馬上高高興興的追問，至尊的皇儲帥不帥，織菫喜不喜歡……

這樣少女似的娘。

「好看是很好看，但據傳聞……娘妳知道我的，口拙心笨，別不自量力的好。」織菫含蓄的帶過去，「而且皇儲帶了個漂亮少女隨從來，看氣質絕非僕役。」

王妃張大了眼睛，又復皺眉。「不管那女孩身分如何，皇儲已經擺明了他不接受相親。」

說她孩子性，遇到大事又精明起來。織菫含笑低頭，她是很以自己的娘為傲的。

「但妳爹，也不可能這樣就放棄。」王妃的眉頭皺得更緊。

「娘，殤國殷鑑未遠。」她低聲的勸。

「妳爹待妳這樣不好，妳替他想這些來?!」王妃嚷起來。

織菫一時語塞，「……這也是娘的領土。」

王妃沉默了一會兒，撫著她的臉嘆息。「娘沒給妳生個好容貌，妳不怪我，還替我著想。」

她心底一陣酸楚，趕緊壓抑住。「娘說這什麼話，四肢健全，也沒什麼地方殘缺，能走能跳，耳聰目明的，還不知足?這別說了，倒是皇儲……」

「我知道了。」王妃淡淡的，「我會派支私兵去看守，妳爹想內戰就盡量動手腳。與其等至尊舉兵踩平猊國，不如我自己動手。妳安心吧！」

織菫放下心來，和王妃閒聊幾句，這才告辭。

娘既然說要插手，那就會做到滴水不漏。最少殤國屠宮的慘劇不會在猊國發生。

也是。她這樣一個無職又出家的長郡主，干涉這些宮事是不對的，她也不是什麼憂國憂民……只是不想自己安靜的生活被打擾罷了。

但回到房裡，她卻怎麼也沒辦法往下寫史，瞪著寫到一半的卷軸發呆。

她還沒百歲，連成年都算不上。勉強的入了空門，卻還是會隱隱傷春。

眾人皆有春風花前，惟我獨無。

強眨著霧氣濃重的眼眸，她站了起來，拿起披風。雖值春日，但朦朦朧朧的落著細雨，啜泣似的滴滴答答。

因此，也看不到明媚的春陽。

這樣的天氣，太易生憂鬱。她決定去神殿祈禱，希望攪擾的心緒可以獲得如死般的平靜。

* * *

雖是苦寒的北地，但猊國意外的卻是農重於牧。

災變之前，上萬年來，魔界大多都是貧瘠的荒漠，嚴寒的猊國卻因為一種耐寒作物嘉禾，成了奇異的豐收之地。在食糧珍貴的魔界，猊國這個人口不多的國家，躍升成五大王國之一，糧食貿易功不可沒。

即使是災變後，糧食匱乏的情形早已緩解，嘉禾依舊是貴族們的主食，地位依舊重要。

但豐富的糧食也引起對岸異常者的覬覦。每年嚴冬河水結凍，異常者會越河劫掠。這對習於嚴酷天候考驗的猊國人來說，不過是另一種天災罷了——程度還比不上一場致命的暴風雪。

所以，猊國人重武輕文，比南邊的貴族們更剽悍乖戾，因為他們不但得與惡劣的天候爭鬥，還有永遠虎視眈眈的異常者。

像現在，春耕期才過，連綿不斷的冰寒春雨偶爾還會落地成霜，道路泥濘如沼澤。助耕過的軍隊已經開始集結操練，即使是宮裡的親衛隊也不例外，必須輪班參與軍訓，準備著將近一年後的戰爭。

織菫走到宮門口的時候，夜行軍的親衛隊正在集結，她讓到道旁，讓綿延的軍隊先行。

即使她用漆黑的斗篷避雨，灰暗得像是牆邊的一抹影子，還是有人認出她來，馬蹄鐸鐸的在她面前站定。

她頑固的不願意抬頭，希望來人可以識相點，可惜她的心願總是落空。

「長郡主？」來者的聲音低沉而深富魅力，未語先笑，「這麼晚了，怎麼還要出宮？」

這逼得她不得不抬起頭來，望著這個姿容俊朗，令人望之忘憂的英挺男子，「謝將軍關心，我正要去夜禱。」

「長郡主，末職因靖邊有功，升大將軍了。」他依舊含笑，「更深露冷，又有宵小流竄，末職陪長郡主前往神殿可好？」

織菫定定的望著他，原本以為會悲傷，結果只有一種難以置信的不可思議湧了上來。

我不適合當個魔族。織菫想。我實在不擅長這樣若無其事，像是什麼都沒有發生過。

「那倒不用了。」她淡淡的說，「不敢耽誤『大將軍』的軍務。」她轉身，沿著側門的小路而去。繞得比較遠沒錯，但不用碰到她絕對不想再見的人。

「織菫！」大將軍在背後喚她。聲音這樣的恰到好處，剛好讓她聽得見，但其他人則未必。

她連停都沒停，逃跑似的越走越急。

他的名字，叫做狄犽。原本是個親衛兵，出身農家，是個平民。但他長得英挺出眾，又頗有機智野心，當同僚躲著不願意當容貌怪異的長郡主衛兵時，他反而主動爭取。

當時的她，還是個孤獨自傷的小女孩。

一開始的發展，真的是宛如盛春降臨。一直是灰暗慘澹的人生，突然撥雲見日，充滿光輝。她真的毫無保留的將自己整個交出去，相信愛人的每一句話。甚至她還鼓起勇氣，向父王替狄犽求了一個親衛隊隊長的職務。

於是，這個原是平民親衛兵的男人，正式走入王室的大門。他的機智和野心也終於讓父王看到了，並且極為賞識，進而倚重。而他的狡智也讓他在對付異常者的戰役裡大放異彩，真正贏得了屬於他自己的聲望……

和美麗三郡主的芳心。

父王幾乎是立刻答應了他們的婚事，狄犽一個字也沒有對她解釋。每個人都知道狄犽和織菫的關係，但沒人多說一句話，反而覺得狄犽晉升的手段極為高明。

「這就是王室。」她的母親語重心長的召她來，凝重的說，「王室的人沒有朋友。原本我祈禱他不是這樣的……看起來我的祈禱落空了。」

「……我該這樣算了？就這樣算了？」年少的她極為震驚，「那他說過的那些誓言和愛語……都是謊言？為什麼……」

「妳是長郡主，國母的唯一親生女兒。」王妃嚴厲的說，語氣卻掩不住哀痛，「當妳什麼都沒有，唯有過時的謊言環繞時，妳更該緊緊的抓住僅存的尊嚴。」

看著母親美麗卻痛苦的容顏，她突然了解了母親的心情，和自己應該走的道路。

經過那次碎心之後，她真正的「長大」了。

這張臉和這個身分……她註定要孤獨終身……如果她還想要保住僅存尊嚴的話。

現在她已經不是當年年幼無知的小孩子了。狄犽常常若有似無的撩撥她，她也明白。這不是因為自己很有吸引力，讓狄犽舊情難忘，而是狄犽拿她來刺激三妹的醋意，好反向抓緊驕縱的三郡主。

而且，人人視為怪物的長郡主，心靈如此孤寂，只要一點溫情就可以抓得死死的，將可以成為狄犽一個身分高貴卻百依百順的情婦。

可我雖然寂寞得幾乎想死，卻寧可去死，也不想投入這種粗糙的陷阱。織菫自嘲的想。

或許真的該發終身誓，正式的出家吧。但她總是有一點遺憾，一點猶豫不決。

我什麼事情都沒有做，一點痕跡也沒有留下來。

她心底的一點火苗還沒熄滅，寫史只是記錄過去……未來呢？她從來沒有參與未來的機會嗎？

走入神殿，月已中天，正好照在最高的水晶玻璃上，神殿的祭壇沐浴在神聖的月光中。

脫了鞋，用腳心感受大地之母的靜謐，望著聖潔的月光，她緩緩跪了下來，低頭禱告，希望能夠平息所有的心火和情緒。

分不清是陷入冥思還是乾脆的睡著了，當她清醒的時候，祭壇上滿是陽光。

昨日剛好是十天月暝的最後一天，今天是十天陽日的第一日。

她站了起來，關節發出咔咔的聲音，全身僵硬疼痛。但她的心情的確輕鬆了些，似乎是大地之母將她的憂愁拿走，賜予她平靜。

其實，魔族是沒有信仰的。真正信仰大地之母的，是原住民的妖族。祭壇上的大地之母雕像，上半身是女子，下半身是龍身，手裡捧著象徵魔界的水晶球。

神魔大戰，戰敗的魔族殘軍遠征妖界，屠戮了大半的妖族，引起妖族大遷徙，逃往人間，魔族擅自將妖界改稱為魔界，但卻開始陷入被大地排斥的恐怖疫病。

早在至尊理解之前，初代猊王就發現了，若是停止屠戮境內妖族，修繕神廟，這種莫名的疫病就會緩解，不再猛烈爆發。當時他奉獻了一個郡主去當神廟祭司，蔓延全魔界的疫病，居然在苦寒之地止步了。

雖然一直不明白是什麼原因，但歷代猊王都抱著一種務實的態度，容忍妖族和地母信仰。神殿的榮譽祭司也一直都是未婚的郡主，直到結婚才卸下這個職務，換另一個未婚的郡主接替。

或許之前的郡主祭司都抱著一種敷衍了事的態度，但那不是織菫的態度。一直和榮譽祭司很疏遠的原住民妖族雪熊氏族，也敏感的發現，織菫不同於以往驕縱的郡主們。

他們認真的將織菫當作一個實習祭司，切實的教導和傳授。但她的導師，雪熊主母卻一直溫和的拒絕她終身誓的考慮。

「魔族的郡主，妳還是富貴中人。」雪熊主母溫柔的說，「我們教育妳、指導妳，並不是因為妳將可以成為祭司，而是希望在妳掌握權力的時候，不要忘記大地之母的教誨。」

「……我連掌握自己命運的權力都沒有。」織菫下意識的摸著自己的貓臉。

「妳的命運將會自行走到妳的面前，這是無可避免、無從迴避的。」雪熊主母回答。

或許，雪熊氏族希望能夠因為她的身分而掌握一些權力，好確保氏族的存續吧？織堇想。這是無可厚非的事情，很無奈的是，他們真的押錯寶了。

但對他們毫無保留的信任和教育，幾乎沒有任何祕密的傳授，織堇依舊心存感激。比起魔族的排斥和嘲笑，妖族待她反而人道多了。

「若有那一天，」她半開玩笑的說，「我將致力爭取妖族與魔族享有平等的公民權。」

「願妳不忘初心。」雪熊主母笑著說。

* * *

發了一會兒呆，她正準備離開神殿時，卻在門口和雪熊主母與賓客相逢。

那個尊貴的賓客抬頭，對她露出和煦如陽的笑容，「早安，長郡主。」

……魔界至尊的皇儲，來大地之母神殿做什麼？別告訴她至尊信仰了什麼神明。

「你們相識，那正好。」雪熊主母禮貌而疏遠的說，「就讓榮譽祭司帶您參拜母神，族事煩冗，這就少陪了。」

「感謝主母還撥冗帶我前來，」尊貴的皇儲躬身致禮，「這就有勞長郡主了。」

雪熊氏族對魔族的觀感一向疏遠冷淡，但皇儲的禮貌似乎讓他們的態度緩和很多。主母語氣軟了下來，「參拜之後若有空，歡迎到敝舍奉茶。」她就帶著隨從們走了。

偌大的神殿，只剩下皇儲和織菫兩個人。

至尊的皇儲也真托大，一個人就跑出來呢。萬一出了什麼事情……等等，等等。

萬一出了什麼事情，擔子不都在織菫頭上嗎？

她的臉孔一下子刷得慘白，隱隱感到大禍臨頭。「您……您出門也該帶個隨從。」

「萬一帶到刺客……那還是不帶的好。」皇儲泰然自若，「我想少於一支小隊的特種部隊，我一個人還打發得了。」

……眼前這和煦少年，可是屠戮殤宮的狠角色。屠完人家的宮，還召集百官上殿，問有哪個不服，要為舊主報仇。等料理了三個武名在外的將軍，他要立誰當新殤王，百官只有拚命點頭的份，連呼吸都不敢大點聲。

她掌心出汗，但身為猊國長郡主兼神殿祭司，又不能讓人小看。織菫只能硬著頭皮，將這隻笑面虎引到神殿中，意外的，皇儲無須說明，就能依禮參拜，祈禱結束還知道要遮右眼行禮。

這是古老到接近失傳的禮儀，大部分的妖族都不知道，只剩下此地神職還默默奉行著。

參拜結束，皇儲依舊不走，說要參觀神殿。繞了一圈，他卻對圖書室特別有興趣，翻了幾個卷軸，剛好都是織菫寫的。

「長郡主，」他指著卷軸上畫的菫花簽名問，「妳可知『菫花』這個作者是誰？前幾年有個旅人送了我一個抄本，說是北地神殿抄來的史書稿，但我想打探作者的消息，卻毫無音訊。妳可知否？」

她臉孔慘白又復泛紅，拚命回憶是否有什麼違例到值得丟文字獄的筆墨，一時之間，啞口無言。「……您問她做什麼呢？」

「是『她』？」皇儲逼視著，眼神有警覺，也有審度。

她心下大悔。想來北國寒冷寂寥，書寫的又是猊國一家之史，沒什麼人有興趣。這些年常有人來抄書，同時也留下珍貴的書籍交換抄錄，她都當作文化交流，沒想到會流入皇室手底。

若待不認，萬一疑到別人身上，恐怕會降災於人。還不如繃著頭皮認了，想來也不至於為了幾本破書就跟猊國長郡主為難。

……且不要去想殤國禍事好了。

「是我寫的。」她小小聲的說，「我閨名叫織菫。」

沒想到皇儲居然跳了起來，纂住她的袖子，嚇得她想轉身就跑。

「妳就是？天啊！妳就是菫花?!」他的態度一百八十度大轉變，「我一直以為是個年長學者！沒想到是跟我年紀差不多的少女！猊王是怎麼了，怎麼會把這樣一個人才扔到神殿來？」

「……這個、這個……您、您可以先放開我的袖子嗎？」她有些欲哭無淚。

但皇儲卻不肯鬆手，硬拉著她席地而坐，像是怕鬆手她就跑了。

雖然她的確很想跑。

只是這樣拉拉扯扯，傳到父王耳底……恐怕會被誇張一千倍，然後就會當個貨物似的強塞到皇儲手裡，搞不好還附帶幾個妹妹。

「您、您……」她被迫坐在地上，顫著聲音，「您來親善訪問，恐怕我父王想的是另一件事情。談談無妨，但、但是……您還是鬆開我的袖子吧……」

皇儲睜大眼睛看著她，頓時改觀許多，他鬆了手，頻頻道歉。「實在是見到堇花太高興了，所以失禮了。妳我年紀相仿，同樣都是王室中人，不需要什麼您不您的，反而生分。我的母親都叫我沐恩。」

……你告訴我小名做啥？織堇縮了起來，警惕的看著他。

「我知道妳的閨名兒了，當然也該讓妳知道我的小名囉。」他笑咪咪的，令人如沐春風。

「……我不知道猊國任何機密。」她緊繃的說，「而且我父王非常不喜歡我，所以呢……」

皇儲滿臉疑惑，「妳父王為什麼不喜歡妳？我若有一個妳這麼聰明練達、條理分明的妹妹——哪怕是堂妹、表妹，再怎麼遠親的妹妹，我跟我父皇做夢都會笑了……

他腦筋哪裡出毛病了？」

微微張著嘴，織堇瞪著皇儲，整個被搞糊塗了。這是很精細的陷阱麼？

「我的臉。」她乾脆直說。

「這是印記，不是嗎？」皇儲搔了搔頭，「我的耳朵，妳瞧，像魚鰭。誰沒有呢？」

看著他真摯誠懇的眼睛，織堇糊塗得更厲害了。她一直以為自己已經鍛鍊到世事練達，可以冷眼看出別人沒說出口的陰謀詭計，但遇到這個怪異的皇儲，倒是一整個撞壁。

明明遠遠看著他和父王應對進退都很冷靜圓滑，為什麼會這個樣子……

但皇儲沒給她太多發呆的空間，就著她史書稿的某些論點，開始討論了起來。

雖然是這樣怪物似的長相，但她還是猊王妃唯一的親生女兒。若是猊王妃過世，在猊王再娶之前，她必須代行國母之職。所以她從小就接受國母的教育，或許是猊王妃教得太好……她若嫁到任何一國去，都是獨當一面的國母。

但她永遠不會有自己的國家，所有的知識和抱負都只能擱置。明明有那麼顯著的弊端和愚蠢的施政，她卻一句話也沒得多說。

織堇將這些感慨都寫入史書稿裡頭，以古諷今，誰也沒看出來……但這個魔界至尊的皇儲，卻敏銳的看到了，還跟她討論。

她被當成一個對等的、可敬重的學者看待，真令她熱淚盈眶。

談足了一個早上，餓得要命，跑去雪熊主母那兒討飯吃，邊吃邊爭論，聊了大半個下午，王宮那兒三催四請，皇儲才心不甘情不願的回宮了。

真沒想到，還有人跟我說得上話。織堇慢慢的走回自己居所。今天說的話，比我一年跟人交談的話加起來還多。

我要的，真的是愛情而已嗎？她問自己。我要的是尊重、理解，和說得上話而已。

不對我的臉產生厭惡和恐懼，就這樣。

她默想了一會兒，笑了起來。或許將來再會無期……但這次偶遇，卻給了她很大的信心。我寫的史稿，還是有用處的。只要有一個人看得懂，那我就值得了。

我在這世界上，不是毫無痕跡的。

但是當天晚上，皇儲卻跑來敲她的窗戶。

……怎麼還會看到他？他不是要回去了？

「……我覺得神廟太有趣了，想多留兩天。」他笑得非常燦爛，「我們談到哪了？對了，異常者。妳覺得……」

他是個很棒的皇儲。完完全全準備好，將來就是能夠繼承魔界至尊，一點問題也沒有。

我若是個男人，我就去跟隨他，將我的一生和性命奉獻給他。

因為他值得，太值得了。

「皇……沐恩。」她輕咳一聲，「不嫌我交淺言深，你還是該帶著那位美麗的少女隨從，趕緊回去首都才是。」為難了一會兒，「若是可以，婚事也早點定下來，省得生變。」

「瀲灩？」他張大眼睛，噗的一聲笑出來，「她和鄭劾都是我的好朋友。別人不能提，跟妳說倒無妨的。實在我還不想定親，所以拖她來當個擋箭牌……反正他們

讓周朔先生整得夠慘了，巴不得出來度假……妳聽說過麼？有兩個純種人類來魔界了。」

「……就是他們？」換織堇睜大眼睛。

「就他們。」這時候的皇儲笑得非常無邪，「他們是我的好朋友呀！」

危險，太危險了。

「王室之內沒有朋友。」織堇非常唐突的說，「沐、沐恩，你一定要懂這件事情，你一定懂，但為什麼要犯這種錯誤？」

氣氛突然尷尬起來，織堇有點懊惱，卻不後悔。若是皇儲一怒而去，頂多就是以後沒談話的人——反正她習慣了。但她犯過的錯誤，絕對不忍心這樣的皇儲遭遇到。

「妳呀，為什麼是個女孩兒呢？」皇儲靜靜的說，「妳是女孩兒，妳父王就只會想方設法把妳嫁過來，可能還陪嫁幾個妳的妹妹，不問妳要不要，也不會問我要不要。坦白說，我也想過，就在五大王國裡頭挑個能當皇后的娶了算了，但妳這樣的人……絕對不該關在後宮裡。」

織堇突然咽喉裡哽了一個硬塊，幾乎要掉下眼淚。她覺得被讚美、認同了。被一

個英明的未來君主認同了她的智慧和才華。

「……我若是男人，用走的也會從這兒走到首都，請求為你效命，驅車趕馬都可以。你會是個好君王的，你會……」她再也說不出話來，只是胡亂的揮揮手，將窗戶關上。

那天晚上，她足足哭了一夜，說不出是哀傷還是高興。

* * *

皇儲滯留得比預計的時間長多了，而且幾乎天天去拜訪那位貓臉的長郡主，一留就是大半天，不是猊王差人來請都不願走。

猊王雖然對這樣的發展瞠目兼百思不得其解，但也樂見其成。魔后是個身分低賤的半海妖，甚至還有一半凡人的血統，或許高貴的皇儲也受他的平民母親影響，品味與眾不同也未可知。

他開始明示、暗示皇儲，但皇儲實在狡猾，總是四兩撥千斤將話題轉開，盛讚他的女兒們既仁且慧，兒子個個智勇雙全，什麼都提了，就是不提婚事。

他既沒有答應，也沒有拒絕，真把猊王悶壞了。若是年輕時，他還會轉頭問自己聰慧的王妃怎麼應對……但他和猊王妃決裂已久，好些年沒講話了。

看著身邊這些嬌滴滴、香噴噴，卻一點主意也拿不出來的如夫人，他不禁氣悶。女人，該死的女人。聰明的驕傲自大，不驕傲自大的卻愚笨得像是五歲小孩。該死的伊安，該死的！添了繼室就是不要妳麼？妳是王妃！跟那些奴婢似的繼室有什麼好吃醋生氣的？更不要說氣得連跟我說話都不肯。

妳生下這樣的長郡主丟我的臉，我都沒休掉妳了，妳還敢生我的氣?!

真沒想到皇儲會看上他這個怪物似的長女。但又沒求親的跡象……就算是這樣的女兒，猊王的長郡主也不是給人玩玩的！

思前想後，實在束手無策，他只能加派宮女去當探子，監視長郡主和皇儲的一舉一動。

看著探頭探腦的宮女，織堇沉重的嘆息。「……殿下，你若看中我哪個妹妹就直說，別連累我。」

相處了十來日，越發相見恨晚。就魔界的標準來說，他們倆都未到百歲，是對少年少女，既年輕，心還是熱的，聰明才智又不相上下，極為相投，不知不覺就親近起來。

「妳的妹妹們麼？」皇儲不客氣的吃著她案上的葡萄，「都長得極標致……澆模灌注都沒能那麼相像呢，真看不出來是不同娘親生的，大約是粉刷手法非常一致吧……又都用花卉起名……倒也好。記名字就行了，反正應聲的都長得一樣，不必記長相。」

她笑了出來，又瞪了皇儲一眼。「殿下，自重！」

皇儲也笑了一會兒，又復蕭索。「菫花，我的行程不能再耽擱了。饕國有變，我得去視察。」

織菫的臉孔一整個蒼白，低下頭，「……小心些，沐恩。我不去送你了……」她怕自己會一路哭，不知道哭到幾時才能完了，白讓人笑話。

他安靜了一會兒，「菫花，我父王要我自組一個智囊團，官位是王子伴讀。我也不瞞妳，這些年魔界一直都是外弛內張的。災變之後，日子好過了，底下的諸侯郡王都蠢蠢欲動，暗殺刺客簡直是家常便飯……魔宮內簡直比異常者的城市還危險。」

織堇愕然的抬頭，張大她美麗的貓眼，幾乎忘記呼吸。「……所以？」

「所以，就算這麼危險，」皇儲下定決心，深深吸了口氣，「妳還是來當我的王子伴讀吧，堇花。六品官而已，我知道委屈妳。但將來我若繼位，妳一定會是我的宰相。若妳將人生和忠誠交給我，我定當發誓成為有史以來最英明的君主。」

……我？不會變化真身，一張貓臉的我？

「魔宮之內若有人敢嘲笑妳的長相，就要試試我的劍夠不夠鋒利。」皇儲沉下臉。

……這不是個好脾氣的君主。我若侍奉他，那真真是伴君如伴虎了。這一步踏出去，就別想回頭了。

「我是女人。」她軟弱的、帶著哭聲說。

「是，我的宰相會是個女人，誰有話就來找我講吧。」皇儲挺直了背，不屈的。

我的命運，真的自行走到我面前了。

她頰上的淚滑落，緩緩的跪了下來，將自己手上的筆遞給皇儲表示忠誠。「……殿下，你不用讓我當宰相。我發誓對你忠誠，直到我死亡為止。」

這一刻，連皇儲的眼眶都紅了，他握住織菫的手，「我接受妳的忠誠，我的宰相，並且回報妳相同的誠摯，直到我死亡為止。」

從這時候起，他們倆的命運就攪纏在一起，就像第七代路西華背後總有個李嘉，第八代路西華身邊永遠有個貓臉的女丞相，在陰謀詭譎層出不窮的魔界宮廷中，成為殘酷英明的魔主。

此亦是後話了。

第一章　補遺

冒著冰寒的春雨回房，燈下只見瀲灩伏案書寫，鄭劾不知道跑哪去了。跟他們出門就是這樣舒服。不會抱怨被丟下，很開心的自得其樂。鄭劾好奇心重，往往不恥下問，人嘛，總是好為人師的，問來問去，他總是到哪就交上一大堆朋友，帶回來許多有趣的小法術或小法寶，甚至會隱藏著許多重要的情報。

至於瀲灩，她看似漫不經心，卻又觀察敏銳，在他忙於社交應酬的時候，替他作風土民情的側寫，觀察入微，往往可以直指問題核心和提出非常有用的建議。

可惜他們終究是要走的，不能待在他身邊。不過，就是因為他們會走，他才能放心的跟他們交上朋友，跟別的普通少年一樣。

也因此，他享受了一段少年無憂的時光。這對一個皇室的皇儲來說，根本是連做夢都不敢想的事情。

「……沐恩，幹嘛站在屋簷下淋雨？」瀲灩抬起頭，「醉昏了？」

「若喝個蓮子茶都會醉，我該去看醫生了。」他笑著進房，「希望醫生沒被買通。」

「你們家的刺客比跳蚤還多啊，真是的。」瀲灩笑著抱怨，「明知必死，還前仆後繼。」

他脫下披風，自行掛好。雖然貴為皇儲，他還是什麼都自己來居多。一來是魔后不喜歡那種廢人似的貴族派頭，二來是刺客老愛化妝成宮女侍從，殺生殺多了也不太好。

「瞧見哪個可以當皇后的了？」瀲灩繼續往下寫，「多耽擱這些時候，又早出晚歸的。」

「猊王的女兒是不錯啦，說彈唱跳，樣樣都會。當當尋常人家的貴族夫人很可以了。」他聳肩，「要當皇后，既缺乏野心智慧，也缺乏氣度魅力，最重要的是，沒有那種鎮壓得住人的煞氣。」

「我瞧魔后也沒有。」瀲灩連頭都沒抬。

提到魔后，沐恩的神情柔軟下來，「是呀，我母后真的一樣都沒有。她啊，真不適合當魔界的國母……只適合當我老爸的老婆，和我的媽媽。就是為了保護她那天真純良的安全生活，我才需要找一個厲害點的皇儲妃呀！」

瀲灩抬頭看他，眼神漸漸哀憫，「……傻孩子，為了這樣的理由，你要放棄愛情？」

「哎呀，我們這族墮落天使，不動情則已，動情就是情蠱。」他倒了杯熱茶，望著裊裊的煙。「現在是我動情蠱的時候麼？日子艱難的時候，底下的諸侯郡王都還順服，要囫圇轉化人魂才有子民，要魔軍鎮守才能勉強保住產出糧食的土地。現在日子好過了，哪兒種不出糧食？肚皮飽了，有子嗣了，就開始亂為王了。

「到現在，我娘還堅持我們只是普通的一家人，只是為民服務。你拿這樣天真的娘能怎麼辦呢？」他幸福又感傷的笑了一下，「除了好好保護她安全安靜的生活，還能怎麼辦呢？」

瀲灩托腮沒有說話，只是招了招手。沐恩笑著走過去，和她緊緊擁抱了一下。

真喜歡瀲灩，真喜歡鄭劾。真的好喜歡好喜歡，像自己永遠不會有的哥哥和姊姊，可以全心全意的信賴，不用怕他們在背後插上一刀。

他已經是歷代路西華裡頭最幸運的一個了。擁有年少時光，和朋友。

「寫這個做什麼呢？」他壓抑住喉頭的異樣，轉了話題。

「給魔后解悶的。」瀲灩笑，「上回我給了她一本遊記，她看到書頁都捲角了。北地沒筆記本，就這種卷軸，很有趣，書寫容易，收藏方便，好玩兒。」

「那我的呢？」他伸手。

瀲灩笑著扔了一個玉簡給他，「收好。很多不能示人的。」

他用神識轉了一圈，在瀲灩的紀錄裡，看到了織堇。他的心柔軟下來，貓兒臉的聰慧學者。

「我找到堇花了。」他說，語氣卻有些惆悵。

「是嗎？」同樣愛啃書的瀲灩驚呼，「是誰？」

「貓臉的長郡主。」沐恩沉重的嘆氣，「思慮仔細，非常有才華……可惜是個女孩兒。」

「女孩兒又怎麼樣呢？」瀲灩不解了。

女孩兒就會被愛情困住，她又是猊王的女兒，光是五大王國的平衡和國際錯綜複雜加上姻親的關係，就夠頭疼了。

就算撇開這些不管，堇花若跟了他，她這輩子就跟愛情啦、婚姻啦，沒有緣分了，像是李嘉。

李嘉是男子，還說得過去，但女孩子……很殘忍。

只是越認識她，越覺得再也找不到更好的了。

父王當初要他組智囊團，原本他很排斥，像是父親不日就要駕崩似的，但父王嚴厲的要他看遠些。皇族的性命，本來就是朝不保夕，必須做好萬全的準備。

「但我不可能會找得到像李嘉這樣的心腹！」他抗議。

「會有的。」魔君斷然的說，「等你遇到的時候，你就會知道了。」

果然。果然他就是知道了。就是堇花，不會是別人了。

雖然她不可能像李嘉仗劍護衛在他前面，但他的劍很鋒利，夠護衛他們倆了。

當他終於獲得堇花的忠誠和允諾後，他心情輕鬆的回去跟瀲灩說，「女孩兒也是很好的。」

「……你要娶老婆了？」鄭劾張大了嘴。

「不，我要納一個女丞相了。」他笑，如陽光般和煦燦爛。

第二章　饕之禍

織董私自答應成為至尊皇儲的王子伴讀這件事情，在猊國引起軒然大波，議論紛紛。

猊王更是怒不可遏，說什麼都不答應。

若織董為后為妃，就是頂著猊國長郡主的名號，成了魔界的女主人……最不濟也是一部分的女主人。王子伴讀?!一個區區六品官，我的長女得去當皇儲臣下?!

雖然是至尊的屬國，但好歹猊國是五大王國之一，舉足輕重的狻猊一族！至尊見了他，還是用兄弟禮相待，不敢輕慢……結果我的女兒跑去當他兒子的六品小官！

而且，別以為這樣就可以躲過姻親這層關係！

猊王大發雷霆之怒，不管怎樣安撫都無用，沐恩已經暗暗打算半夜把董花拐帶

走，什麼外交上的問題，交給他老爹去處理算了……難得他相中心腹，他老爸說什麼也該幫兒子一回……

只是誰也沒想到，深居簡出的猊王妃居然按品大妝，慎重華麗的登上殿堂，作主允了織堇出仕的事情，不知道在簾後跟猊王說了些什麼，原本怒氣沖天的猊王居然也勉強點頭了。

事情完全出乎意料，唯有一直非常鎮靜的織堇毫不意外。

猊王妃在簾後召見織堇，用她美麗而滄桑的眼睛注視著唯一的女兒。「妳終究是我的女兒，還是走上了這一條路。」

織堇緩緩跪下，低頭不語。

「我以猊國國母的身分，要叮嚀妳幾句。」她嚴肅起來。

「織堇敬聆。」她恭謹的回答。

「妳雖出身猊國王室，但已經誓言效忠皇儲。斷然不能因為這層出身，而將猊國的利益置於皇儲的利益之上，以小私而害大忠，這不僅僅是妳個人的恥辱，亦帶累了猊國的尊嚴！可明白了？」

「是，國母，織堇明白。」

猊王妃的聲音柔軟下來，滲著濃重的酸楚，「……我亦要用母親的身分叮嚀妳幾句。異性為主，是最不智的選擇，但妳已經選擇了。妳發誓效忠於皇儲，但妳並不是賣身為奴，還是有自己的自由和尊嚴。孩子，守好妳的心，千萬不要踰矩。」

她嬌嫩的唇微微顫抖，觸及自己一直不願去想的心傷，「若是皇儲求妳……妳不要急著否認，當年我也是這樣否認、嗤之以鼻呢……妳什麼都能給，我的孩子，就是名分不能給。妳為他暖床、甚至生下孩子，這都沒關係，但絕對不能要那個皇后的名分！如果……妳還要自尊和自由的話，如果，妳還想要轉身離開的權力，就絕對不能給！」

織堇抬頭看著母親依舊颯爽美麗的容顏，她身上還有武將英武的氣息，但深困在後宮中。

這樣血淋淋的例子。

「娘，我非常明白。」她說。

猊王妃伸手給她，淚如雨下。「我的貓兒臉，走向妳選擇的未來吧。」

織菫泣別了猊王妃，跟著皇儲離開了猊國，再也沒有回顧。

她走向自己以為不會有的未來，並且在官宦史中，寫下驚天動地的一筆。她這個柔弱、既不會變化真身、也無術法的女官，從王子伴讀的時代，就開始鼓吹妖魔生而平等的論調，直到經過數十年大戰，依舊堅持初心。

也因為她的堅持，在未來的「無之禍」中，得到妖族完全的支持，魔妖才正式和解，敉平了滔天巨禍。

雖然種族之間一直都有摩擦，她希冀的和平共處一直都有瑕疵。但的確妖族在她成為宰相之前，就取得了合法的公民權，與魔族平起平坐。

光這一點，就夠讓她名垂千古，成為名相之一了。

*　*　*

魔界幅員極為遼闊。

雖說魔族有諸多異能，日行千里亦是日常行動，但目的地往往在千里之外。再說，除了瀲灩、鄭劾和沐恩外，隨行的都是武力強於術法，最普通的士兵。

當然，魔界至尊統御全魔界，麾下自然有能力極為優異的術士法師，要瞬間千里也非難事，威力又驚人……但相較於全魔界來說，是佔比例極低的菁英。而這些菁英法術強大，卻本體脆弱，像諸王或至尊皇室這樣文武雙全的魔族，是很少的。

提到魔族，大家只會想到惡魔，還有本假託於所羅門王的惡魔辭典。神話或童話都將惡魔們說得神通廣大、無所不能。

但魔族說到底，不過是戰敗的天人，所謂的「神敵」。位居高端、有官有祿的天人才有優異的神通，並非無所不能，無官無祿的天人老百姓不見得高明到哪去，魔族亦然。

不管是神威或魔能，都不是用之不盡的。瞬間千里不難，但必須耗掉大量的威能。而諸魔族都狡猾多智，既有強大術法，就有反制的法陣或法寶，常常讓脆弱的術士法師無用武之地。

反而是術法僅足以保身，卻有強大武力的常備兵，機動上更靈活強悍。所以，皇儲隨行的是千名常備軍，這樣的軍隊當然不能指望移動能迅速到哪去，每日行個一千里，還得靠翼獸的強健。

織菫自然見過翼獸。這種鷹嘴獅身而有翼的魔獸，是最早被馴服的座騎，她的父王就有一支編制的空中小隊，座騎就是這個。

但她體弱無用，連尋常術法都學不會，不要提想參與空軍……當然更不用想有機會坐上一坐。

搭乘翼獸一整天不是容易的事情，讓她這個最遠只到神殿的柔弱長郡主吃足了苦頭。若不是皇儲派那個人類少女和她共乘，由少女施法抵擋天風和寒冷，說不定她還挺不過來。

但她既然發誓要跟隨皇儲，就連一聲苦也沒說出口。

看在瀲灩眼底，倒是很驚嘆憐惜的。

「妳讓她回首都，交給魔后照顧就罷了。」她責難的看著沐恩，「人家是學者，嬌滴滴的養在王宮裡一輩子，讓你拖來這兒吃苦！」

「她得跟著我。」沐恩猶豫了一下，又復堅毅，「早晚得習慣的。魔王傳了這麼幾代，還沒有過女宰相呢。趁我還是皇儲的時候就得讓大伙兒習慣她，不然貿然拱個嬌生慣養在宮裡的女官上來，誰肯服她呢？」

瀲灩嘆氣，「……你眼光自然是好的，聊了一點兒，真的是又有才華又有見識。難得初次遠行就這麼艱苦，一句抱怨也沒有。但她氣血兩虧，連點防身的術法都無……」

沐恩就等她這句，連忙打蛇隨棍上，「瀲灩，要說神醫，妳就是裡頭頂尖的。連周朔先生那兒的人魂長老都醫得好，還有什麼能難倒妳？妳和董花處了一日，有沒有什麼藥方能治？我不求她有什麼出類拔萃的能力，只要能護身就成了……」

瀲灩聽到「人魂長老」四個字，臉孔不禁發青起來。當初她就是雞婆，至尊和伊芙蕾一戰，當時是很威風，誰知道只有表面上威風，之後留個內傷在，太醫束手無策。

反正上邪都醫過了，沒道理白魔的至尊不能醫吧？又不是上邪那個逞強鬼，弄到氣海幾乎破裂，比起來，不過是小傷。

幾帖藥下去，她就懊悔了。被周朔整已然太苦，還得讓恢復健康的至尊整……作繭自縛，莫如此甚。

這還不是最淒慘的，周朔看她居然醫得動至尊，就將她抓去醫人魂，不管她百般辯解從來沒這例子，周朔還是要她死馬當活馬醫。

……這不是廢話？這些人魂長老早死掉了。

等她見了四個人魂長老，更是摸不著頭緒。不知道為什麼，有種違和的熟悉感。這四個人魂長老薄弱得像是一抹影子，早該魂飛魄散，但又堅實宛如活人。

神智五感尚存，既虛弱又強大，很奇怪的存在。

「我若死了，就會有第五個人魂長老。」周朔淡淡的說。

瀲灩猛然抬頭看他，又看看這四個心平氣和的人魂。

「我們都是創世規則下的彌賽亞。」周朔笑笑，「只是他們奉獻生命自沉地維，我還活著。」

……這就是魔界沒有受大損傷的緣故。只有耗盡天賦的周朔當然梳理不來狂暴的力流，但五個活的、死的彌賽亞就可以。

當無開始侵蝕地維，這四個已經自我犧牲、喪失生命的彌賽亞魂魄也受到威脅。他們不像尤尼肯那種英靈般的存在，對於地維的崩壞只能悲歎。

周朔差使者將他們請到冥界。這個目光遠大的死人頭子對末日沙盤推演很久很久。三界相依相存，哪個毀滅，另外兩個也難保。但若哪界能夠保存得夠完整，其他兩界即使傾頹如危塔，也還可以靠著這點基礎而不至於真正毀滅。

人間已經無能為力，天界的天柱已然殘缺瘋狂，大約也保不住，只剩下統一在至尊旗幟下，環境險惡卻猶有希望的魔界了。

他就是用這理由力邀這四個人魂彌賽亞，在末日時將他們殘存的知識和能力奉獻個徹底。雖然不知道原因，但他們力保的魔界不但安然，損失微小，甚至去了原本嚴重的排斥，有了生機。

末日來臨時，周朔僅僅是憑依的媒介，並沒有受到什麼重創，但這四個託稱「人魂長老」的彌賽亞卻差點消散。總算是至尊有傾界之力，尋來最好的材料打造定魂寶珠才免去這種厄運。

但他們陷入漫長的休眠，清醒的時候非常短暫。雖然他們再三的要周朔無須掛懷，但周朔一直不肯放棄努力。

「他們奉獻了自己所有的一切。生命、人生，生前到死後。」周朔對瀲灩說，「說我想不開也對的，但他們根本不該遭逢這種命運，最少他們該親眼看到三界恢復如初。」

瀲灩啞口無言。她很想說她辦不到，事實上她專精的是生靈，魂魄根本不關她的事情。但聽聞這樣壯烈的行誼……她實在說不出「我辦不到」這幾個字。

生前自沉地維暫緩末日，死後耗盡一切保住一方魔界。她真的可以眼睜睜看著這樣的人們魂飛魄散，歸於虛無，什麼都沒有？

她抱著腦袋想了三天，乍著膽子，用靈界的醫療方子。靈界是無機體修煉而成，本身就沒有生命。問題是，靈界和魂魄根本是八竿子打不著，再說靈界的醫療方子非常稀少，物靈原本情感冷淡，她跟靈界算是最不熟的了。

最後雖然不太完美，這些「人魂長老」雖類似憑依傀儡的存在，但總算免去魂消魄散的危機。

醫成這副德行，她只要想到就傷心，沐恩真是哪壺不開提哪壺。

「……我是庸醫。」她沮喪的說。

「不不，妳是神醫哪。」沐恩連忙替她打氣，「聽說妳在原界是了不起的師尊，再怎麼沒天賦的弟子都教得上，堇花只是體弱了點，對妳來說根本不算什麼嘛……」

她心底動了動。也是，堇花跟她當年殘敗破病的身體有些相似。她是久病殆死，身體弄壞了，堇花應該是胎裡時就有了損傷，先天不足。

……但是，魔族能夠用她鷰門的心法修煉麼？

雖然收了一票半妖弟子，傳授的不過是心悟、器用和術法，可沒傳這只有人類女子可用的獨門心法。

什麼亂七八糟的。她心底嘀咕。她用白魔的法子醫上邪和至尊，還用靈界的法子醫人魂，現在要傳授一個魔界少女，人類女人才能用的鷰門心法了！

搞什麼天上天下聯合國啊？

發悶許久，但她也想不出其他法子。「……我盡量。」

事實上，織董受瀲灩指點的時間很短，也頂多只有入門的程度而已，也並未拜師。她像是所有的天賦都集中在聰明才智上，其他真是學起來備感艱辛。

但她有耐性和毅力。

雖然說，她終生都沒學會變化真身，貓臉印記也始終如一，術法低下。她唯一學會的唯有瀲灩正統道門的結界，並且維持著氣盈豐沛的體態，能夠耐受長途旅行和艱苦軍旅生涯，說不定對她來說，這比什麼高明術法都有用多了。

沮喪的瀲灩不讓她拜師，但這趟不到半個月的旅程，卻讓他們親近起來。

「……我終於明白，為什麼殿下會對他們另眼相待。」織董對沐恩說。

「我可以放心把自己的生命交到他們手上。」沐恩輕輕的笑，然後嚴肅，「當然，我也同樣把我的性命交到妳的手上。」

織董凝視著沐恩許久，卻沒說什麼。

這說不定也是種籠絡的手段。她想。皇儲並非輕信之人。他一直很謹慎，反擊毫不留情。他會相信瀲灩、鄭劾的緣故，她很明白。這兩個人不但來自異鄉，甚至是世外人，權勢財富完全漠然，完全沒有利益衝突的可能性，他們又是那麼坦率可愛。對織董，是他第一個臣下。相識日淺，會說出這樣的話來，只是一種懷柔的權謀。

很快的，她證實了自己的猜測，但也有正確和不正確的地方。

至尊在饕國的探子，傳來一個令人擔憂的情報。饕國似乎爆發了新的「荼毒」，雖然在饕國女王的強力鎮壓下有所控制，但內部卻傳出分裂的消息。

情報語焉不詳，貿然去查恐有勢壓五大王國的輕慢，所以至尊命沐恩以「親善訪問」的名義去看看。但在離饕國國境一天的路程上，卻有密使求見。

饕國第三順位繼承人的悟親王居然親自前來拜訪。

這位風流瀟灑的親王，先是獻上了非常珍貴的珠寶等禮物，詳述了在國內流行的新疫病，東拉西扯，唱作俱佳的表達了他的憂心，最後才切入他真正的渴望和訴求。

「女王葛諸在位已逾萬年，衰老顢頇，近年更寵幸身分低下的面首，置國事於不顧了。」親王痛心疾首，「饕國乃是古老的五大王國之一，不容一個無能女王在位！

若皇儲能助我等一臂之力……」

「助你登上王位？」沐恩沉默傾聽，直到現在才開口，單刀直入。

「不不，是助我叔叔登上王位，第二順位繼承人。」親王眉開眼笑，「為了饕國與魔界的福祉，相信至尊也不至於怪罪……」他壓低聲音，「饕國將成為皇儲最大的支持者。」

沐恩交疊手指，心平氣和的看著親王，沒有露出任何情緒，「饕國女王向來勤政，頗得民心，且無過錯。貴族有幾個情人只算風流韻事，談什麼污點？」

親王緊張了，「皇儲，未來的至尊。您還年輕，可能不知道。歹毒可怕的異常者女王，自命聖后的那個女人……就是葛諸的姊姊啊！那個惡毒的巫婆是第一個感染荼毒的異常者！怎可讓這樣污穢的血脈，繼續霸佔著饕國的王位……」

「這倒沒錯，」沐恩冷冷一笑，「造成異常者的『荼毒』，就是從饕國開始散播傳染的。」他頓了頓，「但我路西華一脈，依舊尊重饕國為五大王國之一。」

他沒再說話，沉重的氣勢卻驚人的壓了過去，親王的帥臉扭曲，佈滿了汗，訥訥的說不出話來。

隨侍在側的織堇暗暗歎了一聲。真是厲害、厲害的皇儲。一點縫隙也不給，沒有絲毫話柄可抓。

荼毒起於饕國，這是魔界皆知的公開祕密。饕國一族原是某方天人，自稱「月神次子」。他們都是繼承月之魔力的種族，真身皆為蜘蛛。那方天帝將永生賜給月之一族，但只賜予族裡長子。之下諸子女極為不滿，才跟隨著初代路西華叛亂。

戰敗後，他們忠心耿耿的護衛著路西華後裔，隨著殘軍征服了原本的妖界，當時還未統一魔界的至尊，親自冊封了南方水澤豐美的饕地給他們，自此稱為饕國。

但定都在古老大地神殿的饕國，未久就爆發了荼毒，傳染散佈極快，幾乎是立即席捲了所有的魔族。在這場大禍中，原本的饕國女王因為感染發瘋，成了異常者，幾乎吃光了所有的兄弟姊妹和子嗣，二代路西華親自將她絞成碎片，拯救了她最小的妹妹葛諸。

但這個病前驍勇善戰、神通廣大，病後依舊保持瘋狂狡智的異常者女王，卻詐死潛逃，在異常者的都市裡虎視眈眈，與世世代代的路西華為敵。

之後二代路西華力排眾議，扶持葛諸登上王座，並且交付她鎮壓討伐異常者的重責大任，嚴禁魔族追究此事。

自此，饕國成為路西華皇室的堅貞死士。

這才是路西華一脈能夠統一魔界的真正原因，從來都不是神器囫圇。以寬大賜予忠誠，將殘酷暴虐的報應在叛徒身上。真正的，在爾虞我詐的魔族間，屹立不搖的緣故。

「但、但是，」親王終於找到自己的聲音，「殿下，如果葛諸真的和她的姊姊陰謀勾結，意圖用新荼毒謀奪魔界呢？這您總不能坐視了吧？」

「哦？」沐恩挑了挑眉，「說說看？」

親王定了定神，「新荼毒就爆發在王宮中。跟萬年前一樣……只是發病的情形很可怕、很可怕……」他指了指汗，掩飾不住眼中的恐懼，「隨侍在女王身邊的宮女倒下來死了……停放在殮房的屍體，第二天就長滿了蟲。」

沐恩撐著臉，「……這是荼毒的一種發病形態。死後才發病是比較特別……又如何？有前例記載的。」

「但、但是，」他結巴起來，「但是那些蟲聚攏在一起，成了一種強悍可怕、完全殺不死的蟲人呢！」

向來不在俗家王說話時多說一個字的瀲灩和鄭劾同時猛然抬頭，異口同聲的喊出來，「什麼?!」

沐恩卻冷靜的看了他們一眼，瀲灩驚覺失態，噤了聲，還給不識相想追問的鄭劾一拐子。

「……妳阻我做啥？」鄭劾按著胸口咬牙細聲，「這可是……」

「俗家的王在審事，有我們出家人講話的餘地？」瀲灩低語，「又不遠，用自己的眼睛看吧……」

沐恩垂下眼簾，心底暗道，沒錯，眼見為憑，何必與人狼狽為奸，白擔這個背棄忠義的干係。

「親王，你所言我皆已明白。」他交疊雙手，露出燦爛的笑容，「饕國一直是我最忠誠的盟友，永遠不會變的。」

悟親王以為得到允諾，大喜過望的拜謝而去。

好一會兒，沒有人開口。

「……還是提點葛諸女王清理門戶好了。」沐恩撐著臉。

織菫遲疑了一會兒，小心翼翼的開口，「徒生宮變，在這種時刻反而動搖國本。不如殿下瞞著女王，抓著這點把柄，將來還多個制衡用的探子。」

「哦，」沐恩睜大眼睛點點頭，「看不出來，菫花。原本擔心妳在污穢政治裡活不久，沒想到意外的圓滑哪。」

她不禁紅了臉，「會用心機和愛用心機是兩回事。」

沐恩輕笑一聲，「瀲灩，不是不讓你們問……」

「我們是不該多言的。」瀲灩回答，「但情形聽起來很類似人間的蠱變……」她仔細的談論之前在歐陸遭逢的蟲人族，也細述了無蟲的演化，和無蟲致力培養的蟲母。

沐恩閉目傾聽，織菫也異常專注。和魔族溝通比凡人要快速簡潔，語言並不是最重要的一環。即使織菫身無任何術法，但她終究還是狻猊一族，本能猶在。現在的瀲灩操控同心符的手法又比之前高出無數倍，可以專注在欲溝通的事情上，不至於門戶大開。

說起來，還得感謝周朔的魔鬼訓練。

「這麼說來，在你們的世界，無蟲不過是渣滓。」沐恩深思，「原本只是概念性的衰亡。侵犯人間還能夠理解，畢竟是神族的愚蠢所致。但魔界，從來不曾有無的來犯。魔界的大敵並不是異常者，而是造成異常者的荼毒。」

「……對。」瀲灩整個納悶起來，「我也想不通這點。」

「『英特萊教誨母神。這些都是我的子，我的女。也是妳的子，妳的女。妳當用一切捍衛世界，焚燒所有邪惡的虛無，並且施加疾病在入侵者身上，讓他們自相殘殺而毀滅，直到天柱折而地維絕。』」織董輕輕的唸了一段經文，看到所有的人都驚愕的瞪著她，有些不知所措的，「……這是『母神禱詞』中的一段。」

「……英特萊？」鄭劾的聲音發顫。

「創世之神呀。」織董受了多年祭司教育，這類的神話她很清楚，「據說原本的世界是一體的，創世神之一的父親準備用大洪水消滅所有的妖族，創世神中的母親觸發了恩寵之地，安置殘存的妖族。她將這個世界交付給大地母親禧尤看守……」

「……那是精神。」鄭劾跳了起來，滿臉慘痛懊悔，「果然是！瀲灩，果然是那對王八蛋，不是推測，真的不是！當初我就該立馬斬了他們倆！現在就不會造成這麼大不可收拾……」

「難道你不覺得奇怪，為什麼妖族的神話會這樣逼近事實？」瀲灩嬌喝，「冷靜點！懊悔有用嗎？就能夠糾正過去的歪斜嗎?!」

織菫聽得糊裡糊塗，就算是沐恩也只聽懂了八成。她會唸這段禱詞是因為她對神話和歷史一直都很有興趣，也就著不多的資料研究過幾乎毀滅三界的「無」。

她一直沒有辦法把「大地母親」看成一種概念性、哲學性的神祇。古妖界和人間關係非常密切，據說是模擬人間的模樣創出來的。但危害人間的無，卻從來沒在魔界出現。

應該說，存活不下去。

屬於神話的禱詞，卻這樣精準而忠實的呈現：「焚燒所有邪惡的虛無，並且施加疾病在入侵者身上，讓他們自相殘殺而毀滅。」

「那個……」織菫遲疑的說，「過去大地母神可以透過祭司和妖族溝通。禱詞和

神典，幾乎都是這樣流傳下來的。」

「……現在還可以嗎？」這下子，換瀲灩的聲音發顫了。

「不行了。」織堇憂傷的說，「自從月之族霸佔了大地神殿，屠戮所有的祭司後，大地母親已經沉默了將近萬年。」

沐恩站了起來，喚進副官，「全速行軍……目標，饕國王宮。並且進入待戰狀態。」

緊急行軍到邊境，遠遠的看到饕國境內的邊陲小城冒出濃濃的煙，飄來不祥的氣味。

鄭劾整個僵住，這情境，如此相似。那天，人間的歐洲小城也是這個樣子。無蟲人在他眼前虐殺了好多人，好多好多人，他真恨自己為什麼沒有早點趕到，滿地無辜的屍體，無蟲人狂歡的享受殘暴的盛宴。

棄了翼獸，他宛如流星般疾馳而去，脫離皇儲的軍隊。

瀲灩心底暗暗喊了聲糟，沐恩卻鎮靜的說，「瀲灩，妳隨鄭劾前去打頭陣，不要逞強……我們隨後就到。」

她鬆了口氣，點點頭，持咒追隨在後。

好不容易追上了，她和鄭劾瞠目看著宛如煉獄的交戰。

月族是魔族中屬於苗條纖細的種族，線條柔和，體型也比較瘦弱，不似其他魔族高頭大馬。但小看這族真身是蜘蛛的月族人，絕對是種錯誤。

他們人數相較於鋪天蓋地的無蟲人，真是少得可憐。但月族人真是勇悍得可怕，面對砍不死、燒不爛，碎裂又化零為整的敵人，毫無畏色，一句哭喊悲歎都沒有，只是凝起術法，揮舞利刃，死戰到最後一刻。

若有人倒下，同伴立刻往屍體上扔火種，就算是一片指甲也不給無蟲人。

他們緊急降落，試圖搶救一個只剩上半身的月族孩童，無蟲人抓著她正要潛入地下。魔族命韌，即使腰斬，依舊活著，說不定還能救回來。

但那小孩只軟弱的笑了一下，無力的揮手，「……媽咪，再見……」全身冒出強烈的光芒，這月族之女，秉持著他們剛烈的驕傲，自爆氣海，跟敵人同歸於盡了。

鄭劾驚愕的瞪大眼睛，臉孔濺了鮮血猶不自知。幾秒後，他仰天發出驚人的怒吼，揮著符鏈衝進戰場。

瀲灩卻沒發出任何聲音，只是尾隨著鄭劾，但她揮手即落下五行借靈陣，臉孔浮現了水的符文。

在魔界修煉不到十年，她的修為卻有百年左右的進度。拜周朔魔鬼訓練所賜，現在她施展這等初級咒陣，已經不需要有形的符，心念所致就行了。

但讓她如此行雲流水般的布陣，卻是跟鄭劾相同的、震驚悲痛的義憤。

即使怒火充塞心胸，她依舊比鄭劾冷靜許多。一來她的獨門的修煉心法不似正統道門，受境界影響那麼深，像鄭劾就因為卡在爭鬥的階段，反應特別激烈；二來，因為鄭劾幾乎失去理智，所以她更需要冷靜。

「別吞太多進去。」她警告，一面揮劍斬下無蟲人的頭顱，並且運作法陣。

「……我盡量。」他的聲音尖銳高亢，「我希望……我盡量！」

在靈氣宛如真空的人間，鄭劾借的是人類的電能。在靈氣稀薄的魔界，鄭劾借的卻是月族的狂氣。

明知必死，明知不敵，死也不肯退，獰猛兇戰，生者溢漏的魔威，死者不屈的壯烈。

這種白魔狂氣屬邪，不是人身的鄭劾禁受得住的。說不定比無情無緒的電能所產生的後遺症會更糟糕。瀲灩模模糊糊的想。

但月族孩童的訣別似乎還在他們耳畔響著，誰也受不了這個……瀲灩不行，鄭劾更不行。

戰場上溢漏的狂氣幾乎都集中在鄭劾身上，他像是徒手抓著龍捲風，雷光劈啪，赤焰繚繞。電能頂多只是讓他呼吸困難，心幾乎要跳出胸腔罷了。但月族的狂氣卻直接衝擊了他的心靈。

憤怒傷痛，憎惡怨恨。白魔的狂氣。

來不及了。鄭劾想。我吞下太多狂氣。

但是啊，但是，身為一個人，難道可以眼睜睜看著其他「人」無端被殺戮，無端被獵捕嗎？他來到魔界才覺悟到一個從來沒想過的事實。

所謂的「人」，不是人類而已。白魔是「人」，妖族是「人」，人類更當然是「人」。

我們都是「人」，都屬於芸芸眾生中的一個。

怎麼可能漠然的坐視呢？既然我知道該怎麼辦？

他仰首發出高亢而撕裂，幾乎不太像是人類的暴吼，揮出了一記鏈擊。周朔和至尊嚴格的訓練出現了驚人的成果。散盡功力，一切從頭開始，修煉不上二十年的鄭劾，一擊就讓所有的無蟲轟動爆裂，一個傳一個，徹底的過載而爆炸，幾乎將整個邊陲小城夷為平地。

若不是瀲灩用五行借靈陣護住了他，說不定他也跟著灰飛煙滅。

扶住踉蹌的鄭劾，瀲灩輕笑一聲，「……說你是白癡，真是一點也不虧。」

「嘿嘿，」他笑，抓著瀲灩的胳臂不肯倒下，「我卡爭鬥的階段這麼久……好像……快突破了……」

正想回嘴打趣兩句，瀲灩卻覺得背後發寒。她還沒動作，鄭劾已經撲倒她，打了兩個滾，才沒掉進突然迸裂的大地裂縫。

烏鴉鴉的無蟲，像是險惡的煙霧不斷的冒出來。

像是末日再度降臨般。

正待危急的時候，皇儲軍隊趕到，不然一擊脫力的鄭劾和勢孤力單的瀲灩可能被

蟲海淹過去。

皇儲的軍隊的確不擅長術法，但他們都是實實在在打過仗、屍山血海爬出來的軍人。面對殺不死的敵人依舊冷靜沉著，非常實際的應對。

雖然不像鄭劾那麼厲害，也對誅殺無蟲的真正方法不了解，但續戰力可是高太多了。

在織菫匆促的獻策下，他們執行了簡單卻非常有效的戰略。

砍不死無蟲人？他們的兵器刀刃都上火術，砍斷的部位被火灼燒過，要碎裂解體困難多了。無蟲法師發起強大的法術，他們直覺的拿起盾反射回去，也學著月族人的法子，一有人死馬上扔火種焚燒。

這隻以盾為牆，術法僅供自保的皇儲常備兵，卻這樣堅忍的一尺一寸壓迫數量驚人的強敵，匯集殘存的月族，一邊焚燒殘肢斷腿的無蟲人和部隊的死者，緩慢卻堅決的推進。

往往這種部隊，之後都會有強大的術法支援。他們唯一稱得上術士的，卻是尊貴的皇儲。

但這個至尊的皇儲，一點都不負其威名。他在陣後祭起狂風，剿滅陣前龐大的無蟲群和無蟲人。略事休息的鄭劾不聽瀲灩的勸阻，聚集狂氣後發出無數次的鏈擊。

經過數個小時的血戰，他們取得了勝利。大地裂縫被灌入了火藥和油，加上術法的增幅，掩埋了這條地下通道。

但每個人的心底，都很沉重，一點也沒有勝利的喜悅。

這一役，損失了兩百多名常備軍，三分之二的小城人口。月族的倖存者表達了感激之意，卻立刻整隊要前往十里外的城鎮，看都沒看殘破的家園一眼。

「鄰鎮也出事了？」沐恩問。

「女王本來領軍要來援救。」月族人不卑不亢的回答，「卻被蟲人大軍阻在鄰鎮，據說已成圍城之勢。」

「饗國與皇室原為兄弟之邦。」沐恩低下頭，「我身為皇儲，責無旁貸。再說我的軍隊行軍較速，諸君已然奮戰過了，請好好休息。」

「果然是至尊的皇儲。」月族人笑了，「在此表達我等深刻的感激。且請就去，我等隨後就到。」

沐恩望著這些剛烈的月族，「……你們並不是軍人哪。」

「那是我們的女王，這是我們的國土。」月族人回答，「我們生在此，也必定埋骨在此，什麼都不能改變。」

他們留下傷患、孩童和少數的女人，撿起殘破的武器，筋疲力盡的月族人，徒步往十里外的戰場走去。

沒有打算飛行，每一分力氣都要保留在戰場上，即使所剩無幾。

「……我終於明白，為什麼二代路西華力保饕國。」沐恩喃喃的說，「終於明白。」他轉頭，「你們三個留下吧。」

「我不離開我侍奉的君主。」織堇堅決的說。

「我還行。」鄭劾低聲，儘管邪氣入侵讓他發起高燒，但他非常堅持，「時間已經太短了，我教你怎麼更有效率的毀滅這些渣滓。」

瀲灩沒說話，已經上了翼獸，向鄭劾招了招手。

「……你們這些人。」沐恩抱怨，「這是打仗呢，又不是招式比劃。」但他也沒再多說什麼，命令軍隊全速前往鄰鎮。

在城垛上督戰的饕國女王，抬頭看到的就是這樣的光景。

巨大的翼獸搧著如垂天之雲的翅膀，從天邊飛來。皇室的路西華，展開六只羽翼，從天而降，像是他發過的誓言。

世世代代為兄弟之邦，永不背棄。

在爾虞我詐、陰謀殘酷的魔界，僅存的信賴和永恆。

「至尊的援軍來了！」她嬌嫩的嗓音傳達至戰場的每個角落，「子民們，子民們！奮起反攻！依照著古老誓言，至尊的援軍來了！」

她大開城門，乘著角馬親自出征，和皇儲的軍隊會合，驍勇善戰一如萬年前，白袍染血，眼神充滿狂戰的迷離。

雖然只有不到千名的援軍，卻鼓舞了饕國上下的士氣，讓危急的情勢能夠多撐了一天一夜，撐到至尊的大軍壓境，合力殲滅了幾乎看不到盡頭的頑強敵軍。

就在饕國沉浸在勝利的狂歡中時，鄭劾癱軟了下來，就倒在瀲灩的懷裡。

「我連罵你是白癡都懶得罵了。」在床頭照顧鄭劾的瀲灩，搖頭幫他換額頭上的溼毛巾。

即使是仿界弱化過的白魔，但數量如此龐大的狂氣一口氣聚集在一起，以自身為媒介，一定會吸收不少進來。所以她才警告鄭劾不要吞太多進去。

不管黑魔白魔，屬性都偏邪，何況是最激昂的狂氣。凡人無意撞到一絲半點，都不免重感冒一場，所謂「風邪」。鄭劾眼下不過恢復到一、兩百年的功力，跟尋常魔族孩子有什麼兩樣？就算記了一肚子道學，還不是被邪氣入侵到高燒不退，醫藥無用，只能費盡力氣慢慢祓禊。

根本不用吸收那麼大的量，再一口氣釋放到自己脫力。但鄭劾性子本來就急，她也知道是白叮嚀，說也無用，但就是忍不住要嘮叨兩句。

天知道她這種冷淡性子的人，連嘮叨自己徒兒都懶……卻放不下這個直心腸又性急的天然呆。

「就看不下去。」他咕噥，燒得通紅的臉孔，卻呈現一種放了心的祥和。

瀲灩看了他兩眼。外感雖重，但他卡了許久的「爭鬥」，居然在這麼大病時度過了。

她聲音放柔，「到底是過了這階段。我還以為你這階段會過得快呢，天天讓至尊和周先生這麼折騰……怎麼拖到現在？」

「……以前我這階段，也是糊裡糊塗的過去了。」鄭劾泛起一絲模糊的笑，「本來怎麼也度不過，結果我被命為劍陣師傅……就過了。」

他心底有很多話想說，卻融在一起，不知道怎麼說。那時，那時他還不到三百歲呢，成了憲章宮最年輕的師傅。許多年紀比他大的學生，卻專注而信賴的望著他，認真接受他的指導，被他暴躁的打飛出去也沒有抱怨。

就這樣，他突然跨過「爭鬥」的階段，順理成章的，一點障礙也沒有。

現在他終於明白了。

「……原本我覺得力量很可怕，真的。我們擁有這種力量實在是逆天，違背自然的。即使有那麼多戒律……但我早就不守那一千八百戒。」他頓了頓，壓下心底的酸楚，「瀲灩，我想我自己不知道，其實我是害怕的。」

瀲灩溫柔的覆在他的手上，不發一語。

「但現在，我不害怕了。」他露出一絲自豪又悲感的笑容，「或許，所有所有的

『人』都是憲章宮門人，我依舊是監院……」他聲音漸低，昏睡過去。

瀲灩注視他安然的睡顏，輕笑著搖頭。這阿呆，呆成這樣。這擔子扛起來可是非常非常沉重的。

但他們跟仿界，已經有了千絲萬縷的緣分。冥冥之中，似乎有股力量在懇求。雖然荒謬，但她不時想到泰逢符文的溫柔眼睛。

王宮還在歡宴中，笑聲和音樂隱約傳來。經過這樣慘烈的戰役，是需要狂歡來沖淡悲哀的。

沐恩帶著織菫赴宴，她雖然看起來憂心忡忡又不太樂意，還是跟著去了。

瀲灩收拾著桌子，想要空出一塊寫點什麼給魔后解悶，卻瞥見織菫赴宴前在紙上胡亂塗的卷軸。

寫得雖亂，只有幾個名詞和問號，但瀲灩一下子就看明白了。

她在思忖這驚人數量的無蟲來源。

沒錯。雖說這種奇特的新瘟疫是爆發在饕國境內，但月族人早就有對付荼毒的經驗了，和異常者與疫病奮戰這麼長久的時光，他們非常了解如何阻止瘟疫的蔓延，看

他們處理死者屍體的果決就知道了。

火並不是對付無蟲最好的辦法，但威力依舊驚人。他們很懂，非常懂。

無蟲只是擬態生命，所以需要在「人」的屍體中誕生，才有辦法擬態成「人」。人間如此，魔界，應該也是如此。

饕國的瘟疫爆發，並沒有製造太多屍體給無蟲當溫床。那這些無蟲人……是從哪裡的屍體誕生出來的？

除了饕國，至尊的屬地和五大王國都未傳出任何疫情和災變。而饕國的疫情報告也令人納悶，相較於無蟲人恐怖的數量，這種爆發程度很輕微，有點兒像是……示威？

瀲灩怎麼想都不明白，望著窗外，嘆了口氣。正值月暝期，饕國王宮座落在花木扶疏的鏡月湖邊，月光遍灑，女王將皇儲和侍從安排在王宮最高的銀之塔，可以眺望整個鏡月湖。

隔著廣大的鏡月湖，就是大地神殿舊址。

相較於東岸的蓊鬱生機，西岸卻是光燦閃爍，宛如雪地。美得非常寂寥。

據說那兒的銀白不是雪，而是鹽。原本饕國定都在大地神殿，並且屠殺了所有侍奉大地母親的祭司。

當最後一個祭司人頭落地時，荼毒也就爆發了。即使付出極為慘痛的代價，最後疫情受到控制，但連二代路西華對大地神殿的瘴癘都沒有辦法，最後他召集所有的術士，用鹽淨洗整座大地神殿，然後嚴禁所有人履足。

災變前，荼毒肆虐魔族，大地荒蕪，卻沒有一隻無蟲可以在魔界生存。災變後，荼毒不再威脅魔族，大地恢復生機，但無蟲也同樣可以入侵魔界。

這當中到底有什麼因果？

她抱著膝，想了又想，直到所有的聲音都模糊，五感也漸漸消失。她以為自己睡著了。

啜泣的聲音卻穿過所有限制和距離，對她虛弱的喊，「母親。」

五感驟然回歸，她猛然抬頭，轉向荒蕪的神殿廢墟。

第三章　仿器

饕國女王親自泛舟，瀲灩和鄭劾坐在小舟上，默然無語。

月族人苗條纖細，饕國女王的模樣更宛如幼女。剛好是兒童正要轉變成少女的那個瞬間，柔軟而芬芳。

說她「衰老顢頇」的人，腦袋不但有問題，眼睛大約也瞎很久了。

但她依舊是魔界最長的長者之一，不管她的外表多嬌嫩清豔，就算她高居王座時總是嬌懶的歪著，赤著粉嫩的足，仍完全無法改變她擁有蒼老的睿智這種事實。

也因為如此，當瀲灩親懇女王允許她進入禁忌之地的廢墟時，她沒有立刻回絕，而是安靜傾聽她的理由。

距離西岸還有一段距離，饕國女王止了小舟。「我只能送你們到此。」她的眼神滄桑而美麗，「還有回頭的機會，不考慮嗎？」

「女王，我們不會感染茶毒的。」瀲灩耐心的回答。

她輕笑了一聲，卻沒有歡意。「……妳知道好不容易逃離廢墟的我，為什麼在隔岸建起新王宮嗎？」

瀲灩猜到了，但她還是垂首傾聽。鏡月湖宛如彎月，大地神殿就在月彎中。兩個犄角抵著高聳險峻的懸崖，兩股瀑布氣勢驚人的成為鏡月湖的水源。

易守難攻，但也容易困死。

「因為我受命撲殺瘟疫和異常者。」女王淡淡的說，「許多勇者都跟你們一樣，希望徹底終結茶毒的威脅，但最終還是成了異常者，在設法渡湖的時候被我的士兵射殺。即使你們是至尊的貴客，亦不例外。」

「我們會平安歸來。」瀲灩靜靜的說。

鄭劾沒說什麼話，咳嗽了幾聲，舞空而起，有些搖晃的。「女王，謝妳送我們一程。」

女王倒是露出讚賞的眼神。這個湖是她親手禁制的，真能在她禁制裡使用法術的非常稀少。莫怪皇室對他們青眼有加。

「那就再會了。」她淡淡的說，「很高興認識過你們。」她撐篙，輕輕一點就消失在濃霧中。

「什麼認識過？」鄭劾咕噥著，又咳了兩聲，「說得好像我們已經死掉了。」

「你不好好養病，搞不好就真的成了過去式。」瀲灩沒好氣的攙著他，好讓他省力些，「我去不就好了？你還在發燒呢！」

「就是邪氣入侵而已嘛！」鄭劾抗議，「……我可不准妳拋下我。」

「……閉嘴。你害我起雞皮疙瘩了。」

他們零零星星的鬥著嘴，降落在鹽粒構成的沙灘上。每走一步，便在寂寥空曠的死寂中發出沙沙的聲音。

雖名為「神殿」，規模卻像是個都市。這裡曾經是妖族的宗教中心，諸種族有衝突也來這兒尋求裁決，主祭和實習生、遠道而來參拜的信徒與求知的祭司，有十來萬。當時人狼的洞窟神殿與雪熊氏族的北方神殿還算是地方性的小神廟而已。

但這兩個神廟還在，大地神殿卻在祭司被屠戮殆盡後，荒廢沉寂成一片廢墟了。

巨大的神像倒塌斷裂成數截，石柱傾頹。經近萬年來的歲月風霜侵蝕，一切繁華

皆已殞落。

踏過如雪的鹽粒，此處神殿果然和創世者有關，因為他們在神殿的最中央找到傳送陣標誌的石柱。

拂開厚厚的鹽粒，一個非常眼熟的傳送陣出現。就是他們在幽界看到的，藉此來到魔界的傳送陣。

這個神殿，大約是圍繞著傳送陣建築起來的。而這個傳送陣被恭敬的保存下來，僥倖的逃過魔族的鐵蹄。

但他們卻無法啟動這個傳送陣。即使擁有深淵的眼淚，這個傳送陣依舊緘默如死。

按著傳送陣的中心，瀲灩輕輕的說，「……其實，『禧尤』，並不真的是妳的名字吧？這應該是口音的謬誤。妳是……弋游，應該遨遊於虛無之洋的神人。妳呼喚了我，而我來了。」

她的話語才歇，沒有風，卻有股無形的波動從中心往外擴張，宛如看不見的漣漪。

沒有聲音的悲歎。

傳送陣啟動了。白光閃爍，潋灩和鄭劾消失在鹽地上，只有靜靜的月，哀戚的照著聳立而孤寂的石柱。

原本以為，他們會見到如十三夜一般獰猛莊嚴的弋游，但卻看到一張柔弱的臉孔。

像是傳說中的人魚，只是擁有龍般的下半身。

她蜷伏在如水般柔厚的光中，全身沒有一點顏色，像是長久的歲月消耗磨損了她所有的顏色般。

說不定就是這樣。

她看不見，聽不到，無法說話，沒有觸覺。事實上，這具肉體應該早就死掉了，但她依舊存在。

在深深的、深深的神殿之下，沒有呼吸、沒有心跳的存在著。

「母親？」她虛弱的迴響，水紋似的在潋灩和鄭劾的心底蕩漾，「父親？你們……終於和好了嗎？母親，我做到了嗎？妳的託付，我是否完成？直到天柱折而地維絕……」

瀲灩驚駭的觸碰她，洶湧的記憶和思念如海嘯般衝進她的心裡。

和由神器煉化啟動的古聖神不同，創世之母獨力完成了一隻弋游。就像之後創世之父造了未來之書，殘留著創造者的心性，這隻弋游在某些方面，也頗似創世之母。即使使用了神器，竭盡所能的臨摹到最好的程度，這隻弋游雖然在各方面都很優秀，甚至可以和古聖神媲美……但卻缺乏了最主要的功能……

她無法優游於虛無之洋。

原本無用之物會被創世之父摧毀，或者發給古聖神使喚，但因為她是創世之母的手澤，甚至還有類似創世母的容顏……所以創世之父容忍的讓創世之母留下她，當作一個殘廢的孩子撫養。

創世之母喚她弋游，並沒有另外取名。而這隻弋游特別依戀創世之母，忠誠得接近盲目。

之後，創世之母無力阻止創世之父毀滅除了神族之外，擁有異能的「實驗株」時，她使用還不太熟練的神器，試圖開啟妖界。但她對妖界完全茫然，只好用人間做樣本，打造出類似的空間，好收容會被毀滅的妖族。

對她來說，這些也是她的孩子，但她實在鞭長莫及，沒辦法親自照顧。神族獨大，古聖神又等同規則，總有一天，平衡會崩潰，一切都會毀滅。

但她跋扈獨斷的丈夫不肯正視，傷心莫名的她，絕望的用神器擁有者之一的身分立下了許多看似奇怪的規則。比方說，古聖神不能直接在任何世界干預，比方說，人間神祕的排斥天人。

這些古怪的規則卻沒辦法抵達她私創的妖界，畢竟她和丈夫研究多年，能夠掌握神器的部分卻非常微小，神器運作時又沒辦法正常的平衡，往往會溢漏太多「衰亡」。

絕望之餘，她偷偷複製了神器關於防禦的一部分，雖然她知道如何複製、使用，對原理實在不了解。但她這樣絕望的母親，實在顧不了那麼多。她偷偷地將複製品交給隨侍在側的弋游，交代她保護這些劫後餘生的妖族子民。

「直到什麼時候為止呢？」弋游問。

「直到……」疲憊又傷心的創世之母回答，「天柱折而地維絕。」

無名的弋游就這樣忠實的執行創世之母的託付，甚至比創世之母的期望還好，「衰亡」（無）一直沒辦法侵擾這個世界，有段時間，妖界因為沒有創世之父的暴虐，反而比人間或天界都更純樸美好而和平。

而弋游，就這樣默默看顧這些孩子，最後比創世之母更愛他們，愛到將自己的生命力注入複製品中，好讓防禦更堅實、完整，徹底的隔絕衰亡，竭盡她一切所能。

即使她因此衰弱，依舊不悔。

直到戰敗的天人殺入妖界，已經非常衰弱的她，只能眼睜睜看著妖族被屠戮。狂怒的她，將自己所有的生命都搾取出來投入複製的神器裡頭，讓所有入侵者都染上荼毒互相殘殺。但她終究活得太久，又將大量生命力投入複製的神器中，天人殘軍還是侵佔了妖界，甚至頑強的抵抗了荼毒。

她這樣疲憊的孤軍奮戰，到後來昏亂的停滯地力，讓魔界成了荒漠，卻還是無法翦除所有的入侵者……但她沒有放棄，頑抗到最後一刻為止。

終於，天柱崩塌，地維斷裂。她終於可以休息了。

但她還在等，等母親歸來。等著對她報告……

母親……我算完成使命了嗎……？

「是的。」瀲灩淚下，握著她沒有絲毫顏色的手，「我和妳的父親已經和好，世界已經重建。妳的孩子將不再被屠戮……和平就要到來了。」

她哽咽得幾乎說不出話。「……妳做得很好。」

沒有顏色、沒有名字的弋游，仰首吐出一口長長的氣，風化碎裂，和柔厚的光融成一片。

一個小小的東西從她風化的身體中掉了出來，發出一聲微弱的「叮」。

這，才是他們真正要追尋的「仿器」。天界和魔界至尊所有的，不過是未來之書憑著創世父的記憶，拙劣的仿造。這個宛如翡翠葉片的小東西，是由真正研究過神器，甚至用它來創造這個仿界的創世之母，親手複製出來的。

雖然只有一部分，卻足夠讓一個無名的弋游掌管一個世界。

獲得這樣大的突破，他們倆卻高興不起來。宛如翡翠葉片的仿器，卻浸淫了一個無名弋游千萬年的愛與悲痛，生命與一切，沾著無數血和淚。

* * *

異常者的聖后派遣了一個使節，無聲無息的出現在百官和魔界至尊之前。

連至尊都沒察覺她是怎麼出現的，驚慌的侍衛刀槍劍戟指著她，李嘉卻沒去湊熱鬧，只是擰眉按劍，警戒著。

至尊撐著頰，冷笑一聲，「聖后，久違了。」

宛如幼女的聖后抬頭，露出勝利又瘋狂的微笑，「墮落天使，好久不見。魔族是這樣對待使節的麼？」

「有趣。」至尊偏了偏頭示意，侍衛齊齊往後退了兩步，「妳自任使節？真妙，妙得很。有什麼話說？」他惡意的添上一句，「屢戰屢敗，逃竄上萬年的戰敗者啊，妳有什麼話說？」

聖后的笑意不減，只是狂氣更盛。「我來要求你，交出兩個歐姆來者……省得魔界毀於一旦。只要你交出那兩個純種人類，我就願意以大河為界，永不侵犯。」

百官都笑了起來。這個狂妄的異常者瘋魔了？她沒有帶一兵一卒直抵王座之前，眼見就要被碎屍萬段，居然口出狂言？

但至尊卻沒有笑，他坐直，眼神凌厲如刀，「……我以為妳是可敬的宿敵，不至於那麼愚蠢，沒想到我還是錯了。妳的子民呢？妳的同類呢？都成了無蟲的排泄物嗎？」

聖后昂起下巴，「墮落天使，莫非只有魔族有轉生人魂的權利，我們異常者就沒有？那是轉生而非死亡。經過黑暗的洗禮，我們成了真正不死不滅的強大種族！墮落天使！把人交出來，不然就看著你的帝國殞落頽圮吧！」

「屈服在死物之下成為死物，這是墮落。」至尊陰沉的說。

「墮落？我？」她狂笑，「吾乃古聖神坦丁在魔界的代言人！我有古聖神的恩寵天惠，不是你們這些敗神可以匹敵和了解的！」

魔王站了起來，「……李嘉。」

李嘉快如閃電的衝向前，轉瞬間就將聖后切成碎片。七零八落的屍塊卻在地板上冷笑，「這就是你的回答嗎？第七代路西華？」

「自從二代路西華將妳絞成碎片，我們代代都手刃過妳。」魔王的眼神轉陰闇，「但我把這次機會保留到戰場上，如以往般……但這次，妳絕對會迎向完全的死亡！」

地板上的屍塊發出可怕的狂笑，霧化成無數細小的蟲，示威似的掠過廣大的宮殿，消失在雲端。

無視百官的驚慌和七嘴八舌，魔王打碎了一根宮柱讓他們閉嘴。「慌什麼？不過是異常者都成了無蟲人罷了。往好處想，要對付的不過是無蟲人，再也沒有異常者，豈不甚好？有那個時候慌張，還不如回去看看有什麼虧空可以趕緊填補的，省得我查起來，又得忙著砍腦袋！」

他半側著臉回望百官，「還不快滾!?」

百官退潮似的跑個乾乾淨淨，宮中侍衛長跪著自請處分。

「她要來誰攔得住、料得到？不如拿這磕頭的時間去清點武器操練兵馬，別在眼前惹煩！」他揮手，「滾滾滾！」

偌大的王座之前，只剩下他和李嘉。

「王……現在的聖后很難殺死了。」李嘉低語。

魔王沒說話，只是揉著額角，好一會兒才說，「我就疑惑這麼多無蟲哪來的。」

他轉著記載各地報告的玉簡，「結果是這樣糟糕的來源。」

大河之西的異常者大約都餵了無蟲了吧。沒想到坦丁會出這麼卑劣、玩弄規則的一著棋。

卑劣，但非常致命。

「……真要交出瀲灩和鄭劾嗎？」李嘉小心翼翼的問。

「交出去有個屁用。」魔王淡淡的說，「我若是聖后，抓到人當然可以討古聖神歡心，但我幹嘛照約定？給了人還可以硬凹給的是假的，賴個路西華皇室背義忘信，根本也不用大起干戈，就挑五大王國隨便毀個兩個村莊，這些淺視短見的諸王貴族，只會炮口向內，還沒打無蟲就先打內戰，剛好隔山觀虎鬥，等兩敗俱傷來個大收割……何等上算！」

他長長吐了口氣，「我若照她的意思辦了……我的承諾豈不是一文不值？這個皇室能維繫下去並不只是因為囫圇……更何況現在能自然生育了。最重要的是，皇室一諾千金，生死不改。」

「……諸王貴族未必有此見識。」李嘉心底沉甸甸的。

「哼！和平時就尋細故，這麼大的關頭還不趁火打劫？」魔王冷笑兩聲，「內戰是絕對免不了的。」

「那，王，你打算……？」

交疊雙手，魔王高居在冷傲的王座上，他的眼神出現渴戰和興奮的狂熱，「就來啊。不要只會動嘴皮子，殺到我面前來啊！」

……其實，你也壓抑得夠慘了吧。你骨子裡是開疆闢土的嗜血君主，勉強的壓抑本性治理和平，實在是太委屈了。

「就戰吧，王。」李嘉溫和的說，「卑職會永遠跟隨著你。」

魔王露出少年似的笑，「沒有你我該怎麼辦呢？李嘉？但首先，你去接那兩個小傢伙回來吧。沐恩雖然不錯，但還是嫩了點。萬一消息走漏……一定會走漏的，這兩個小鬼可成了諸王拿去拍聖后和古聖神馬屁的香餑餑了。」

李嘉領命而去，魔王在王座上還坐了好一會兒。

怎麼跟曉媚開口呢？跟她說，就要投身哀號遍野的戰爭中了……而且還要將她心愛的孩子也帶上戰場。

萬一他和孩子都雙雙亡故，整個魔界的擔子就要由她一個弱女子挑起來了……

要怎麼跟她說呢？

她大概會又哭又叫，揪著他胸口撒潑吧。然後逼他立誓一定會回來，帶著他們的孩子回來。

這個平民魔后，再怎麼不擅長，還是會堅強的站起來，在他出征時代為主政。

因為，她是我的魔后。一直都引以為傲的。

* * *

焦心等待鄭劾和瀲灩的沐恩接到了聖后使節的情報，心底不禁揪緊。

幸好他們此時位於饕國，不然恐怕是得殺出去了。饕國女王淡淡的暗示他，她也接到情報，殿上百官唯恐天下不知似的，散播得如此快速。

從此魔界多事了。

正煩憂時，瀲灩和鄭劾平安歸來……表面上。

他們憔悴傷心，帶回來的仿器和過往又炸矇了沐恩。李嘉叔叔就要來接他們了……他非有個決定不可。

「這些事情……還有這個，」他把仿器塞到瀲灩手底，「絕對絕對不能給任何人知道，尤其是我父王。」

「……什麼？」瀲灩愣住了。

「織菫，李嘉叔叔若來了，什麼都行，反正妳想辦法拖延就對了。」他轉頭交代。

織菫應了，忍不住還是開口，「殿下，你是皇儲。這樣做……真的好嗎？」

沐恩安靜片刻，「我『只是』皇儲，還不是魔王。魔王心底只能有全魔界，若殺子祭旗才能戰勝，他也非這麼做不可。但因為我還不是，所以我還可以這麼做……」

他低頭，「現在我是沐恩，不是第八代路西華。」

「你們在說什麼？」鄭劾咳了兩聲，莫名其妙的問。

沐恩不答言，只是縱起狂風，捲起瀲灩和鄭劾，靜悄悄的飛馳而去。

「……古聖神選了聖后當代言人，並且把無引入魔界。」沐恩簡短的說，「大河之西的異常者都成了無蟲的糧食，這就是無蟲人大軍的來源。」

瀲灩睜大眼睛，呼吸幾乎為之所奪。她百思不得其解的來源，居然是這樣。

「那我們要回宮？」鄭劾大咳，方向卻越看越不對勁，「沐恩，你幾時也路痴起來？方向不太對呀。」

「我送你們去傳送陣。」沐恩堅定的望著前方，「你們立刻走。」

「……沐恩！」瀲灩叫起來，「我們不走！這戰禍是由我們起的……我們怎麼可以……」

「才不是這樣！我父王也絕對不會把你們送出去！我知道的！」沐恩輕喊，「但你們掌握了魔界茶毒的祕密，還擁有神器的真正仿製品！我父親是魔王……這種祕密不管他願不願意、想不想，都一定要奪到手！」

然後他的父親和自己親如兄弟姊妹的至交必定反目成仇，諸王也不會放過他的至交，一定會一而再、再而三的試圖突破防禦，就算是屍體，也會帶給聖后與坦丁。

一邊是責任，一邊是友情。這是他想得到最兩全其美的方法。

父王一定會勃然大怒，重重的責罰他，他也的確違背了身在皇室的重責大任。但他終其漫長的一生，只會有這兩個真正的朋友，絕對不會有其他了。他不會抱怨這種孤寂的宿命，但不能阻止他保衛僅存至交的性命和自由。

「肯定有其他辦法！」瀲灩哀求，「我們比誰都懂無蟲，我們也……」

「難道你們要把仿器交出去？」沐恩將狂風催得更急。

「……不行。」瀲灩變色了，「沒有這個，我們無法追查源頭……」

「所以這裡不是你們的終點啊！」沐恩掉眼淚了，「趁父王還沒對我下令之前，你們快繼續你們的旅程吧！就算沒有你們，我們還是必須跟異常者打仗，內戰也勢必難免……早和晚而已！若你們真的很重視我……就快結束那個該死的源頭吧！」

不要再有任何不幸了……他實在沒有父親那麼堅強，而是不得不堅強。看到那麼多無辜的血腥，無法無動於衷啊！

「……我對你發誓。」鄭劾按著沐恩的肩膀，「我絕對會結束那個該死的來源，兄弟。」

按緊肩膀上的手，沐恩將狂風催得更緊，試圖擺脫緊追在後的李嘉。

皇儲帶著這對純血少年要上哪去？李嘉不解。連皇儲的貓臉女官都矇他，搞什麼鬼？

「殿下！」他縱聲，「至尊有令，要我接……」他話還沒說完，狂風如利刃分為數股朝他絞擰而來。

他大吃一驚，以劍化解，發現居然是虛招，更摸不著頭腦。「沐恩！」他有些生氣，「什麼時候了，別玩了！」

不喊還好，越喊他跑得越快。

這些孩子到底在搞什麼鬼？

他急催劍雲追趕，幾乎要追上時，沐恩居然動用真身，飛馳越急，瀲灩彎起光弓朝他威嚇的射了三箭。

……真是反了！連魔王的令都不聽，長輩的尊嚴都不顧！

李嘉動了肝火，拚命追趕。好不容易追上，卻發現他們讓人堵住，看服飾似乎是猊國的士兵。

消息一定走漏了，但沒想到猊國動作這麼迅速。李嘉皺緊眉，加入戰局，先打發了這票雜魚。一旦解困，這三個孩子又沒命似的狂逃。

「沐恩！瀲灩！鄭劾！」他大吼，「你們搞什麼鬼？現在外面危險得很！魔王有令……」鄭劾一記符鏈飛了過來，又打斷他要說的話。

真真氣死人！

一逃一追的，李嘉越來越覺得不對勁。這個方向……是鄭劾他們來這魔界的傳送陣。

「沐恩！」他狂吼，「魔王沒准他們走！」

沐恩像是沒聽到似的，一傢伙縱狂風進陣，卻覺內在虛浮，倒栽蔥的跌了下來。他雖然聰明智慧，實力驚人，畢竟還是個未滿百歲的小孩子。這樣長途急速飛行非常耗體力，他又冒險恢復真身增速，到了這裡，已經力竭。

瀲灩和鄭劾一左一右的抓著他，接力想飛進陣內。但他們僅僅恢復一、兩百年的功力，想跟李嘉那種魔王重臣比，真是螞蟻對巨象，立刻被追上……

他們心意相通，立刻緊急降落，讓李嘉抓了個空。

正想再逃，結果眼前冒出一個斯文含笑的男子，他們倆的腿有些發軟。

讓周朔整了十來年，很難不產生強烈的恐懼感。

「不講一聲就逃學，嘖嘖……」周朔搖頭，遞出一張紙，「你們家的鐵皮人寫信來了，不看看？」

「周先生，」沐恩哀求，「讓他們走吧。」

「好啊。」周朔像是談天氣一樣淡然，「李嘉，你家小王子都說了，讓他們走吧。」

李嘉氣得發抖，「……孩子，你還不是我的王。魔王有令……」

沐恩的反應讓他瞠目。這孩子一直都成熟穩重，讓他心疼。這會兒卻把耳朵捂起來，非常耍賴。

「這就是你選的路，是吧，小王子？」周朔輕笑，他把信丟給瀲灩，擋住李嘉，

「早想跟你比劃比劃了，你家魔王寶貝得什麼似的，死都不肯。來來來，咱們切磋切

磋。」

「周先生！」李嘉沉不住氣，「魔王要我帶他們倆回去！他們唯有在王的庇護下才是安全的，王的承諾永遠不會改！」

「那是因為，魔王還沒知道全部的真相。」周朔嘆息，「她不肯對我說話，卻願對這兩個孩子說話，這大約就是緣分吧……」

他出手邀招，瀟灑自如，還有餘裕對身後的瀲灩和鄭劾說，「好啦，讓你們提早結業了。別說魔王不放心，我也不安心。但情勢如此，能怎麼樣呢？走吧……這就走吧。」

鄭劾扶著瀲灩，半拖半扶的將她拖到陣內。他隱約的知道，自己有種才能，可以將傷痛緊緊壓抑，直到日後才爆發，所以他此時比瀲灩冷靜多了。

抓著水漏的瀲灩卻遲遲無法啟動，直到她一滴淚落入水漏中，引起漣漪和渾沌。不斷的別離，傷痛不斷累積。她不知道自己還可以承受多久，和可以承受到什麼程度。

* * *

鼻青臉腫的李嘉，怒氣沖沖的抓著沉默的沐恩，後面跟著輕鬆的周朔，回去跟魔王覆命。

魔王交疊雙手看著沐恩，「皇儲，你有什麼話想說？」

沐恩僵了一下，深深吸口氣，將仿器和大地之母死亡的前因後果告訴了魔王。

魔王面無表情的注視他，任是什麼鐵膽男兒都會膽寒戰慄。「身為皇儲，你應該把他們和仿器一起帶到我面前來，而不是縱放他們逃走。」

「我願領罰。」沐恩倔強的低下頭。

「領罰？你賠得起嗎？」他怒喝，「有了真正的神器複製品，不但可以保證荼毒絕不再發，說不定還可以發現遏阻無蟲的方法。而這樣的東西會引起多少貪婪，你想過沒有？這兩個小鬼憑什麼可以保住這樣的寶貝？萬一他們保不住呢？萬一他們早早的死了呢？」

「那就是世界的命運！」沐恩頭回頂撞自己的父親，「仿器選擇了他們，而不是

其他人！我不可能看到我最好的朋友落得終身監禁、失去自由的下場！」

魔王不怒反笑，「很大膽的陳述啊，皇儲。事已至此，再談無益。但死罪雖可免，活罪難逃。李嘉，先送他去宮獄吃幾天牢飯！」

李嘉恨恨的看了周朔兩眼，還是親自把沐恩押去宮獄了。

「……死人頭子，你攪和什麼？」魔王無奈的說。

「小王子下令，我只是聽令而已。」周朔攤手，「你也知道我試圖進入大地神殿多回，無不大敗而逃。」

「嘖，推卸責任。」魔王發牢騷。

「別人不知道，你也好意思瞞我哩。」周朔淡淡的說，「皇儲縱放他們，最高興的是你吧？你終於可以狂歡的、毫無後顧之憂的燃起戰爭的狼煙了。」

「討人厭的死人頭子。」魔王輕笑，「跟麒麟差不多討人厭。」

終究皇儲還是遭受了很屈辱的懲罰，讓他終生難忘。

魔王在百官之前，宣布了皇儲縱放純血少年、少女的罪狀……然後把他按在膝蓋

上，打了一百個屁股。

看呆兼忍笑到內傷的百官，卻也沒人提出懲罰太輕的議論。

因為更重要的消息奪去了他們的注意。

如魔王所料，聖后所求未遂，在各地發動了零星的攻擊。引起的恐慌比傷亡還劇烈，猊國按兵不動，饕國誓死效忠，其他三國齊反，連由皇儲拱上王座的殤王都不例外。

魔王軍像是一股狂烈的怒火，用最快的速度鎮壓了三國之亂，除了魔界至尊和皇儲御駕親征外，王子侍讀的建議被採納，帝國以優厚的條件徵召了妖族參與戰爭，人狼族讓侍讀說動，第一個參軍。

但戰爭像是永無止盡。尚在平定內亂，聖后就發動突襲，直擊了帝都。駐守帝都的魔后和王子、侍讀組織女人和平民奮勇抵抗，直到一直按兵不動的猊國發兵來援，猊國的將領卻不是猊王，而是久居內宮的猊王妃。

這場戰役綿延了數十年，魔族和妖族放下古老的種族仇恨，齊心協力的打到大河之西，聖后的宮殿之前。

第七代路西華如他所言，親自絞殺聖后於大軍之前，賜予她永恆的死亡，結束了和路西華皇室世代的糾葛。

在人間還未徹底終結無之禍時，魔界已經在路西華的旗幟之下，剿滅了無蟲的威脅。

在三界對抗無的歷史中，奏出第一響勝利的號角。

第四章　託付

光燦流轉，他們通過了傳送陣。

又一次別離，又一次和喜歡的人分開。他們似乎一直都是顛沛的，止不住腳跟的隨命運漂流，什麼地方都無法久留。

他們慣於死寂的修煉歲月宛如前塵往事，屬於好幾輩子前的蒼白，這兩個落難至此的旅人，深刻而沉痛的品嚐了凡間所有的相聚趣、離別苦，無數悲歡。

直到中繼站的幽界。雖然現在的修為不算深，但已經沒有十幾年前那樣艱辛了。只是他們的心依舊沉浸在悲傷中，有些怔忪，所以抬頭看著坦丁時，先湧上來的是忿恨而不是恐懼。

相逼到這種程度。

「我還以為，自稱『修道者』的人會犧牲小我呢。」坦丁睜開冰寒霜冷、粼粼極光的眼睛，「結果將你們估得太高。」他露出一絲惡意的冷笑，「但終究，還是逃不出我的手掌心。」

「我們自我犧牲，你就會撤走無？」瀲灩冷冷的問。

「我為什麼要撤走無？」他反問，「魔界的生死關我什麼事情？」

他的封號，真貼切。無情的坦丁。

「瀲灩，妳走。」鄭劾蓄勢待發，「衝向『清醒』的懸崖，帶著仿器走。」

「不要。」向來沉穩的瀲灩突然暴怒，「不！我不要再逃了！更不要……跟你分離！」

「白癡啊妳！……」他想多罵幾句，卻哽住了。

這個時候，這個生死關頭的時候。他剛剛萌發的「平靜」階段突然有了強烈的體悟。他們倆犯遍了所有該守的戒律，蛻變已然無望。想要糾正異界歪斜的心願，也可能到此為止。

若他們想成就那個「心願」，應該是一個犧牲一個逃跑才對。

但只剩一個人，這個「心願」就不完整。

他感到心下無塵，安詳穩定。在即將死亡的關頭。瀲灩還在我身邊，每一秒都彌足珍貴。

畏懼、痛苦、不捨，憤怒都已遠離。他冷靜的揮出符鏈，像是呼吸般自然的佈下退魔陣。

「你向我挑戰？」坦丁彎起冷酷的笑。

「我們向你挑戰。」鄭劾平靜的說。

瀲灩用拳頭拭去眼淚，傲氣的說，「我們向你挑戰。」像是一團烈火般，她揮出了以光凝聚的劍，刺向坦丁，坦丁大笑，轟然的以冰霜鑄造的巨劍相迎。

去了所有的迷惘，鄭劾平靜的看待這場實力極度懸殊的戰鬥。很不錯，但也……很可惜。道魔相爭已久，修道者卻總可以戰勝黑魔。分開來當然誰也比不上黑魔，但兩人即可成陣，修道者憑藉的不是法力或法術的優勢，完全是「戰術」。

他和瀲灩的戰術完全正確，無懈可擊。唯一不能跨越的，是差距過度懸殊的實力。說不定，說不定在魔王和周朔的手下再過四十年，就有一戰的價值。

真的，太可惜了。

即使瀲灩幾乎被腰斬，他讓坦丁的寒氣幾乎爆裂了全身的經脈，他心底仍沒有憤怒、沒有恐懼，只有淡淡的惋惜。

拚了最後的力氣，他衝到瀲灩的前面，用符鏈硬抗巨劍，指望給瀲灩留個全屍。好好笑的心願啊，他想。

「……好像是終點了欸。」幾乎被砍斷脊椎的瀲灩躺在地上，氣如遊絲，輕輕的笑。

「跟妳一起到終點……」他讓坦丁戲耍而殘忍的巨劍壓得幾乎半跪，壓得張口成血霧，「很、很不壞。」

「但我還是……希望你能活下來。」瀲灩眼角流下晶瑩的淚，「現在我才知道，我是膽小鬼……」

她握住仿器，所剩無幾的生命力狂亂的奔流而入。很討厭，真討厭。修煉這麼長遠的時光，卻沒察覺自己心底住著一個稚嫩的少女。也不死一死，這樣頑固的霸佔著，無用又愛哭，多情而軟弱。

好自私，真的很自私。留下鄭劾一個人，真的太過分。但無論如何，完全不理性的，就是希望他還可以活下去。

她閉上眼睛。實在，她不曉得怎麼操控這個神祕的仿器，但既然無名弋游可以用這個蠻橫的眷顧魔界如此長久的時間，沒道理她不能吧？萬法歸宗，不過就是平衡與失衡罷了。

偶然啊，偶然。那個來到異界就不斷眷顧的「偶然」。請你眷顧鄭劾啊！

「……泰逢。」她吐出最後一口氣，仿器讓她僅存的生命力衝擊到極度失衡，瀕臨炸裂的邊緣。

但仿器卻沒有炸裂，反而將所有的生命力倒灌回去，創傷復癒，舒適而帶濃重睡意的疲累襲上來。

她看到了一雙眼睛，悲憫而哀戚的眼睛。坦丁的狂暴風雪完全止息，巨劍掉在地上。原本伴隨戰鬥而席捲狂亂的幽界夢境平息下來，只剩無數安穩的呼吸。

鄭劾瞪著完好無傷的手發呆，應該斷裂殆盡的經脈恢復如初。

幽長的一聲嘆息，「……這下子，我非被趕出去不可。」那雙悲憫眼睛的主人說，他像是無數顏色的星塵所匯集。「管他的，哪管得了那麼多……錯誤，就是必須

糾正，誰理他們那些臭規矩……」

星塵模糊消散，瀲灩和鄭劾也隨之不見蹤影。

應該無情無緒的坦丁卻愣愣的站在原地，撿了好幾次都撿不起他的劍。

「……泰逢？泰逢？看顧的泰逢？」他頭痛的摀住臉，但煉化的誓約卻強行抬頭，壓抑住他幾乎被吞吃殆盡的記憶。

抬起頭，又是那個無情的坦丁。

璀璨星塵散而復聚，重新現出身穿白袍的修長身影，兜帽下的面容莊嚴而美麗，眼神是每個眾生都熟悉的悲憫與哀戚。

執燈者、看顧者、哀之眼……他有許許多多的尊稱。他的符文遍佈在大範因文化圈的星系中，沒有人真正崇拜、卻不斷獻詩歌的神祇。

泰逢。

完完全全沒有想到，他們會在異界，或說任何地方，生或死，能夠和這位意義上真正的神明面對面。

瀲灩和鄭劾愣愣的看著他，就算把他們帶到岩漿地煮也沒感覺，因為根本就不知道身在何處，渾渾噩噩。

泰逢溫柔的看著他們好一會兒，「那個……我、我……你們好像都叫我泰逢。那是我名字的前兩個音節……」他白皙的臉孔浮起一絲淡淡的紅暈，「用、用我們的語言音譯過來，我的名字是、是……」他咬著食指煩惱了一會兒，歌唱似的，發出直接共鳴心靈的美妙排鐘聲。

但這美妙的聲音卻持續了快三分鐘還沒有停歇。難道他的名字這麼長？

「噓，噓……」即使使用同心法術，鄭劾還是緊張的低聲，「瀲灩……咱們在做夢嗎？……」

話還沒說完，泰逢已經一掌推向他，讓他翻了好幾個跟斗，從草地這頭滾到另一頭去，「不要使用法術！會被偵測到！用嘴巴講啦！我都這麼辛苦的用聲帶了，別這麼懶！」

滿頭草葉的鄭劾狼狽的爬回來，和瀲灩一起張大了嘴，不由自主的異口同聲，「是，是。」

……他是冒牌貨吧？

泰逢大大的鬆了口氣，自言自語的，「算了，語言結構太不相同了，音譯好累喔……溝通方式不同很麻煩，省掉這個步驟好了……反正，」他誠摯的說，「你們都叫我泰逢，那就這樣好了。」

他對著瀲灩和鄭劾傻笑，瀲灩和鄭劾也對著他傻笑。

……他真的是冒牌貨吧？

「我終於，可以對你們說話了。」他綻放了一個純潔又美麗的笑容，眼角隱隱有淚光，「根據！@＃＄％條例，你們是屬於我的觀察對象，但因為＾＆＊～條例，現在我們在幽界不受溝通的限制，更因為～！@＃＄％條款，我不屬於理性孤星的小隊，所以不受約束……一切都解決啦。」

他嘴唇顫抖，突然抱住瀲灩和鄭劾，放聲大哭，「對不起！我早就、早就想親自對你們說了！都是我不好……一切都是我的錯……就是我，就是我！我操弄你們的偶然……我、我……我是大壞蛋！」

瀲灩和鄭劾僵住了，腦袋裡像是塞滿了棉花。所有關於泰逢的聖潔超然印象都崩塌粉碎，剩下一堆渣。

不可能的。泰逢才不是這個樣子……

他絕對是冒牌貨……吧？

等他哭盡興了，才顛三倒四的再三道歉。「我……我一直想糾正理性孤星的錯誤。但這邊是不屬於我管的……儘管是因為我的多事才會變成這樣……」他困窘的互碰食指，「但你們『偶然』的來到理性孤星，我覺得，這是我唯一可以贖罪的機會。」泰逢遮臉，「對不起，沒經過你們同意就隨便操弄你們的『偶然』。」

瀲灩晃了晃頭，「呃……我有點感覺到了。」向來聰明智慧的她覺得腦袋像是一灘泥，「雖然不太明白，還是謝謝你救了我們。」

「救？」泰逢有些困惑，「還沒有救到啊。我只是把你們倆的身體時間挪到十分鐘之前，方便先移到臨時收集室而已。」

瀲灩還在想他是什麼意思時，原本癒合的傷口一起噴血，鄭劾的經脈幾乎全數爆裂，恢復到和坦丁死戰時奄奄一息的狀態。

「怎麼這麼快？我話還沒講完啊……」泰逢咬著食指。

彌留之際，瀲灩只有一個念頭。

不管是人還是神，有些就是永遠別開口比較好。

這大概就是所謂美麗的誤會……

＊　＊　＊

平心而論，這位在原界意義上是唯一神的泰逢，真的盡全力救治了。

但不像鄭劾希望的那樣，揮揮手就把他們治好。他莫名的堅持不能使用法術或神祕，只用非常原始的醫術，結果造就了兩個木乃伊似的傷患，還有沒纏好的繃帶東冒一條西冒一條……

瀲灩好一些，只是捆得太結實，只能躺著無法坐起來，鄭劾除了嘴皮子能動，大約只剩下沒捆到的頭髮還能飄。

……他絕絕對對是冒牌貨！

雖然拒絕相信這個殘酷的事實，但他們倆本能的知道他就是泰逢（原諒他們實在無法用尊稱的「祂」）。

像是在某個遙遠到不復記憶的前世，或是血緣的某種印記，他們都記憶了那雙含悲的美麗眼睛……

只是他從未開口，所以無從得知這令人嚴重無言的「美麗誤會」。

「我不能對你們說話呀。」他困惑，「本來是不能現形的呢，我爭取好久，還用『研究神話學』的名義偷渡，才勉強讓我可以用這個形象『取材』呢。老大說，我敢開口就要永久刪除這個形象，所以我忍耐得好辛苦……」他熱淚盈眶，「可以跟你們說話我好開心哪～」

……雖然聽不懂他的意思，但他們倆不自覺的點頭，很一致的覺得那個什麼「老大」的確非常睿智。

「……所以，不是只有一個神明，而是很多個囉？」瀲灩問。

泰逢慌張的搖手，「不、不是，我們不是什麼神明！我們只是觀察者。」他輕輕咬著手指，「沒經過你們同意就創造諸異界已經很不好了，哪有什麼臉說什麼神明……」

他們倆齊齊倒抽一口氣。非常非常震驚，卻也有種說不出的滋味。

「你們……」鄭劾謹慎的問，「你們到底是……哪來的？」

「我們？我們……」他煩惱的低頭，「我們從……這到底該怎麼說？我用最簡單的方法解釋好了，」他嘻笑顏開，「大約百年就可以解釋清楚，很快的。據說我們的起源哪……」

……人生苦短，哪有辦法等你花上百年慢騰騰的講古啊?!

「不用！」瀲灩厲聲阻止他，「告訴我你們是什麼就好！」

「我們？我們自稱……」他搔了搔頭，歌唱似的響起美妙的排鐘聲。好聽到令人心曠神怡，但這次他唱了十分鐘還沒唱完，比他的名字還長好幾倍。

「泰坦！」瀲灩連連揮手，大喊大叫的打斷他，「就這樣叫好了，前兩個音節就這樣……別再唱了！就叫你們『泰坦』！」

鄭劾其實比較想暴跳，但捆到這種地步……只能無語問蒼天。

「喔，好啊。」泰逢好脾氣的說，「反正名字只是個符號。」

據這個不怎麼靠譜的神明（？）說，他們這族「泰坦」，社會文明已臻完熟，神祕和科技相輔相成的發展已到極致，已經接近永生不死。

幾乎已經掌握所有真理，但卻不了解自己的起源。雖有種種假設，卻不能證實。於是他們創了一個培養皿，用文字和語言注滿，就是現在的虛無之洋，從中產生眾異界。希望可以從中萌發和他們相同的人種、文明，證實自己的起源。

為了「尊重生命」這樣的道德標準，所以他們協議只觀察而不干涉，甚至創了一個結合文字和生命的生物——弋游，負責採樣，並且管理聯繫諸異界的虛無之洋。

「……那你為什麼可以現形？」鄭劾茫然的問。

泰逢低垂著通紅的臉，「那、那是……很多年了，這個實驗，已經很多很多年了……連初代弋游都從年輕到衰老，好久好久了……和我們類似的世界和文明一直沒有出現，我們都要絕望了……」

但在初代弋游終於衰老而死，諸泰坦正感悲痛的時候，以範因為中心的偏遠星

系，卻出現了和泰坦初民相類似的文明和世界。

泰坦們是那樣的狂喜，但也是那麼緊張。許多文明和世界都如曇花一現，轉瞬就凋零。專長是神話學的泰逢用「研究」這樣的大題目硬偷渡了一個例外的條款。

表面上，是要研究「神祇對初民文化的影響」，事實上，是無語的使用各種暗示幫助這些稚嫩的文明站穩腳跟。

這也是為什麼範因大文化圈會普遍出現「泰逢」這個唯一神祇的緣故。從初民開始，就由他負責整個觀察小隊的「無言接觸」。而他就這樣凝視著、守望著，看著稚嫩粗糙的文明開花結果。

呵護著這些衝動又聰敏的眾生，驚喜又驚嚇的發現如他們泰坦世界般，也學會了蛻變，當中的佼佼者甚至發現了無言亦無語的泰坦們，甚至試圖溝通。

「我……好喜歡你們唷。」泰逢垂下眼簾，淚光晶瑩的閃爍，「好喜歡，好喜歡。這麼匆匆忙忙，熱烈又激昂，我真的，好喜歡……」他哭了出來，「所以我們做錯事情了。」

歡喜又煩惱的泰坦們開了好幾次會議，決定「有限度」的給予一些暗示。卻沒想到這釀成了極大的悲劇。

相較於緩慢溫和演化的泰坦，顯得特別倉促活潑的蛻變後眾生，好奇心特別重。尤其是人類蛻變，自號「神靈」的眾生，更積極的想和泰坦接觸，甚至入侵幽界，想把泰坦們找出來。

煩惱又歡喜的泰坦，溫和的阻止他們，並以一直用虛擬形體與之接觸的泰逢當代表，委婉暗示傳授了一些知識和真理。

或謎團、或圖案。

讓泰坦們驚喜若狂的是，這些稚嫩的蛻變後眾生這樣靈慧，居然將這些曲折隱諱的知識徹底破解而吸收完全，讓「神靈」躍居諸種族之上，成為佼佼者。

當中最聰明也最膽大包天的，甚至創作了一個讓諸泰坦強烈動容的「玩具」。

這個「玩具」不但能如泰坦般創造生命，甚至可以打造功能嚴重缺失，卻可以橫渡虛無之洋的弋游。

但「神靈」太稚嫩倉促，也太衝動。泰坦們創造諸異界是謹慎的等待虛無之洋的恆動與恆定的自然平衡，這個「玩具」卻是粗暴的汲取周遭幾個星系的所有生命來滋潤一地的荒蕪。

這個「玩具」一出世，就讓泰坦們陷入嚴重的恐慌和爭論。一派強烈要求收回「玩具」和「知識」，避免濫用，另一派強烈主張當初的初衷，絕對不可干涉諸異界命運，堅持觀察者的身分。

就在眾泰坦爭論不休的時候，創造「玩具」的「神靈」，悄悄的將「玩具」送到他未蛻變前的家族藏起來。

「他是個很有趣的人，很可愛。」泰逢笑了，眼淚卻一滴滴的滴下來。「對什麼都好奇，跟孩子一樣天真。」他發抖的手蒙著嘴，「他是無心的。他只是……不想讓自己畢生的心血被毀……真的。他從來沒有真的使用過那個『玩具』……他完全沒想到會變成這樣……」

激烈的爭論直到那個「神靈」因為過分大膽的實驗意外死亡後一度平息，但在歐姆因為人為爆炸時，又再度激烈起來。

歐姆的毀滅，讓這個「玩具」變成駱駝背上的最後一根稻草。所有的泰坦瞠目看著歐姆消失在星空中，整個星系都被牽連，他們這樣深愛關懷的世界，快要牽一髮而動全身，走向毀滅了。

範因的觀察小隊拚了出去，寧可冒著被革職、趕出計畫的風險，在歐姆的遺址硬做了一個虛擬的星球，維持軌道，矯正星系內的偏斜。泰逢更在會議上大聲抗議，畢竟會走到這個地步，乃是因為泰坦們給予不當知識的遠因。

最後諸泰坦默許了這次的干涉，但嚴厲處罰了範因觀察小隊，將他們全體降級減薪，從第一線換下來，只保留了泰逢。因為範因大文化圈已經接受了泰逢這個「初神」，更換恐生變故。

但更絕望的消息傳來。

某幾個被監視、高危險群的「神靈」，在極度荒涼偏僻的某星系，發現了和範因大文化圈類似的、卻毫無靈氣的孤星，並且將之當作流放囚犯的監牢。

泰坦們才發現他們釀成的大錯不是只有歐姆而已。創作「玩具」的「神靈」子嗣，逃過了歐姆毀滅的厄運，卻在這極偏僻荒涼的孤星上，開創了扭曲得令人驚心的世界，附近所有星球和星系都完全死亡，沒有半點生命。

等他們發現時，孤星世界已經成形。文明扭曲，靈氣稀薄等於無。帶走「玩具」的一男一女已經決裂，玩具被扯成兩半，名為理性的創世者佔據了「凡間」、「妖界」（理性孤星稱為魔界）、「魔界」（理性孤星稱為天界），名為精神的創世者保有了「神靈界」和「靈界」。

理性發瘋不知所蹤，精神被自己親創的子女囚禁而沉默。

物種混亂，災害頻仍，文明扭曲而紊亂，理性更瘋狂的設定了「未來之書」這顆定時炸彈，連「神靈」都沾不上邊的稚嫩創世者，暴橫的凌虐了所有的眾生。

最初的報告傳來，諸泰坦的集會處一片哀戚哭聲。

有泰坦提議終結孤星的痛苦，但幾乎遭到全體泰坦的反對。即使扭曲混亂，即使如此被惡待，孤星依舊保有泰坦初民文化的特徵，並且強悍異常的存活下去。

於是，理性孤星觀察小組和精神孤星觀察小組成立了。退居到研究工作的原範因觀察小組因為有過經驗，被編制在理性孤星那邊，再三警告絕不可再犯相同的錯誤。

但泰坦們，實在不是能夠剛硬起心腸的種族。面對理性孤星更倉促、活潑、堅韌的眾生，觀察小組被感動得這麼厲害，整個著迷下去，偷渡了許多例外和意外。成了最常被懲罰的小組，卻是諸泰坦最想爭取的職位。

「……是我們的錯。」泰逢摀著臉，「如果我們堅持觀察者的身分……就不會釀成這個扭曲的不幸。」

「生命誕生下來，就有了自己的命運。」瀲灩渾渾噩噩的回了一句。她還無法完全消化這樣令人震驚的「真相」。

「……原來我們跟仿界一樣。」鄭劾被炸矇了，「不過是泰坦的仿界，同樣也是……實驗株。」

泰逢抬起頭，眼淚更洶湧，摀著顫抖的嘴，「原來……你們討厭我們？為什麼呢？沒有什麼仿不仿呀……嗚哇～」

他放聲大哭，連話都說不清楚。被捆得像是木乃伊的鄭劾都跳起來，瀲灩熬著肚

子的痛坐起，瞪大眼睛。

「人家沒有啊……沒有那個意思嘛！嗚嗚嗚……」他又哭又叫，「我們、我們只是想知道自己的起源呀！我們不想變成你們討厭的起源嘛……嗚嗚嗚……」他嘰哩呱啦的嚷了半天，什麼語言都拿出來講了，還響排鐘聲，顯得非常沮喪而激動。

……他，真的不是冒牌貨嗎？

任何安慰都徒勞無功，等泰逢哭了好一會兒自己冷靜下來才低了哭聲。

「比、比方說，從來不知道父母是誰的孤兒，難道不會想像自己的父母長什麼樣子嗎？」他抽噎著，「我、我們……只是想知道世界是不是如我們想像般形成，父、父母是不是這樣創下泰坦……我們很歉疚，但也很愛你們……一直都很愛你們啊……」

……原來也可以這樣想，原來。

就是因為有這樣的「創世者」，所以原界一直都很幸福、平衡，照著眾生的意願崛起或毀滅。想來泰坦們的「父母」也是這個樣子吧……

相較於仿界的不幸，他們怎麼能夠再指責這些「父母」？這樣擔心看顧、小心翼翼的克制自己，溫柔凝視的「父母」？

（就算有點缺心眼……算了吧，總沒有十全十美的。）

瀲灩吃力的撕下一截繃帶給泰逢擦眼淚，即使知道他沒有真的眼淚，滾下來的都是璀璨星塵所凝聚。鄭劾笨拙的拍著泰逢，低聲賠不是。

「沒有討厭嘛，真的。」但他實在無法開口喊「爸媽」，「一下子太吃驚了……你們很好啊，真的。謝謝你們一直都看顧著我們。」

不說還好，本來止住淚水的泰逢握著繃帶，哇的一聲山崩地裂、日月無光，對這樣不靠譜的神明（？）雖然無力，但他們倆的眼睛也不禁溼潤了起來。

* * *

因為某種堅持，泰逢既沒有使用神祕，也沒有使用理性，而是用最原始的草藥學治療他們。

他自言，他的專長是研究初民神話，特別專精古老而原始的初民草藥學。在觀察小組中，他除了以「神明泰逢」的身分無言溝通外，還特別收集範因大文化圈星系中的諸般草本植物作為樣本，這個收集室就是暫時存放的地方。

瀲灩和鄭劾養病的地方，就是範因植物區，但完全不像實驗室，所有的草本植物都亂七八糟的長在一起，處處湧泉，泰逢喜歡拿著水瓢澆著附近的小花小草，偶爾會連他們一起澆水。

但很神奇的，這樣原始的草藥學，卻讓他們瀕死的傷勢一日好似一日。明明只是古怪的草泥外敷，苦斷腸子的湯藥內服，還燃燒著嗆人辛香的乾草而已。

既不是神祕道學，也不是理性科技。

「所有的醫學，起步就是草藥學呀。」泰逢歪著頭看他們，「這是根基。初民的智慧可是很厲害的呢。」他笑得很美麗，嘰嘰聒聒、手舞足蹈的講了快兩天的草藥學，也不管瀲灩和鄭劾聽不聽得懂。

但他們被震撼得非常非常厲害。尤其是瀲灩，像是被狠狠敲了一記。

她開始試圖修道的時候，為了讓她掌握煉器的訣竅，莫言帶著她，在人間打了三年的鐵。不管怎樣千變萬化，最終都起於火熱的鍛鐵爐，和千百萬次的搥打。

她怎麼就忘了呢？要先了解根基、善用根基，才有進階。入門符籙又怎麼啦？初級劍陣又怎麼樣？一直遺憾著功力不足無法動用更大範圍、更厲害的殺著，但她真有徹底了解基礎，運用基礎嗎？

瀲灩把自己的體悟告訴鄭劾，他呆了好一會兒，輕輕一笑，闔目入定。瀲灩也跟著入定，仔細反思這近萬年來的修煉和經歷。

「……感悟欸。」泰逢扶著雙頰，「好棒喔。真是聰明的孩子……」他望著碧藍如洗的長空，「對不起……把擔子放在你們身上。真的，對不起。」

若是被發現，他大概會被趕出計畫吧？雖然盡全力鑽漏洞，但他實在犯下太多錯誤。

畢竟，和製造玩具的「神靈」直接接觸的就是他。他不會推責諉過，不管是不是全體的決議。

只要一想到孤星的命運，他就一陣劇烈的心痛。這種心痛比任何譴責都痛苦……

他強烈的譴責自己。

「錯誤，就是要糾正啊。」他小聲的說，「但是……那個玩具到底在哪啊……」

＊　＊　＊

瀲灩和鄭劾幾乎是同時醒來，內視自己，不禁又驚又喜，但也摸不著頭緒。

不到幾個月，他們不但完全痊癒，還幾乎取回千年的修行，更奇妙的是，入定時他們倆也像是在一起，並且互相「複製」知識，所以鄭劾幾乎知曉了瀲灩雜學旁收的所有，瀲灩也了解了正統道門最系統精華的部分。

甚至他們的體悟和修煉，也互補似的堅實起來，將過往所有的疏忽和雜質都一一糾正。

泰逢指天誓地他什麼也沒做，頂多每天澆水的時候順便朝著他們澆水罷了。

「這、這是……」他傷透腦筋尋找適合的辭彙解釋，咕噥了半天的排鐘聲，「就你們道門講的『頓悟』嘛。你們不用什麼法術也可以心意相通，就、就……」他響了更久的排鐘聲，「對啦！合籍雙修。這大概就是你們說的事半功倍、非常開心的合籍雙修……」

「住口！」瀲灩吼，臉孔整個遍染霞暈。

「根本不是那回事，鬼扯！」鄭劾對他揮拳，臉孔漲紅到脖子和耳朵了。

「沒什麼事情你們做什麼一起發燒？」泰逢困惑的咬著食指，「啊，我知道了，這是害羞對不對？」

「閉嘴！」他們倆異口同聲的暴吼，氣勢萬鈞的。

泰逢委屈的蹲到一旁，在地上畫著圈圈，「幹嘛這麼兇？說實話也要被罵……人家好可憐……」

……他肯定是冒牌貨，不用懷疑了。

等到他們談到泰坦口中的「玩具」，鄭劾和瀲灩心底關於「冒牌貨」的假設，更加堅定。

他們這群泰坦在孤星這兒觀察這麼多年，只追查到精神孤星那邊的「半個玩具」，理性孤星這邊的，卻怎麼找都找不到。

「……那你操縱我們的『偶然』是因為……？」瀲灩有氣無力的問。

「就是希望你們找到那半個玩具嘛。」泰逢的眼睛清澈而無辜。「難得有心腸這

麼好又很呆的範因人過來，你們是我的觀察對象，不歸孤星小隊管欸。只要讓你們好好的在理性孤星生活一段時間，你們就會去糾正錯誤啊。」

他笑得很燦爛，「我的眼光果然沒有錯哦。」

鄭劾握住自己的拳頭，勉強壓抑暴打他一頓的衝動。「……但半個玩具……我是說半個神器在哪？」

「我們不知道呀。」泰逢回答得很歡快，又托腮煩惱，「藏得這麼好，討厭死了。只知道運作得很不平衡，『衰亡』不斷的溢漏出來。本來『衰亡』不至於這麼快就有副作用，但是這邊的白魔……呃，天人，給了『衰亡』靈智，溢漏的衰亡就共有了這種靈智。後來人類還幫著進化，現在已經不能控制了……源頭不堵上，衰亡會越來越多……」

……這麼嚴重的事情，結果你們不知道神器在哪。你們在孤星這麼多年幹什麼吃的呀?!

「反正你們很呆又很好心，一定會去找的吧？」泰逢笑咪咪的。

鄭劾霍然站起來，額上的青筋不斷跳動。他深深吸了一口氣，突然狂奔過整個草原，一面跑還一面狂叫。

「……他怎麼了？」泰逢咬著食指，「他的身體沒有任何毛病了呀。」

……當然，只是心靈受創。

但瀲灩無力解釋，只是揮了揮手，掏出無名弋游那兒得來的仿器，仔細研究起來。

與其靠這些完全靠不住的泰坦，還不如靠自己比較實在。

她拿出幾千年來書呆的蠻勁，仔細而刻苦的研究起仿器內涵的幾千萬種符文陣。越研究，她越驚異。以為會是高深到無法辨識的神靈符文，卻沒想到這個惹禍的天才也是同樣重視基礎的人。他用最簡單的入門符文來架構這個大到沒有邊境的龐大咒陣群，環環相扣，互為因果，這樣簡潔美麗而毫無錯誤。

而這只是神器關於防禦的一部分而已。

她博學旁收甚多，符籙更頗有心得。這個龐大咒陣群對她來說，是一個很大的挑戰和誘惑。如果能從斷裂的關連去推想原始的完整咒陣群，就很有可能可以復原神器的基礎，再從基礎來推算最有可能的置放地點。

泰坦畢竟不是全知全能的，許多修道法門的細微變化無法理解。他們曾經試圖推算，卻徒勞無功，畢竟諸異界雖然由他們所觸發而觀察，卻不曾在此生活學習過。這方面，瀲灩說不定比誰都強。

在瀲灩不吃不喝埋首研究的時候，鄭劾沒去打擾她，頂多送水送食。反常的，他沒有積極修煉，而是將以前馬虎帶過的武藝，結結實實的從頭複習。

他仔細琢磨過瀲灩「複製」給他的知識，大大的開拓了他的眼界。萬法歸宗，一千八百種道門皆可通向「道」的正果。窮究修道者漫長的一生也無法盡窺，但學習過的不應該輕廢。

這樣的複習，反而讓他有更深的體悟，取回的道行有了真正堅實的基礎。

泰逢往往很著迷的在旁邊看，精采的時候，常忘了手底有水瓢，激動的拍手，順便灌溉了鄭劾。

現在鄭劾比較習慣了，也能忍耐他的缺心眼。抹了抹臉，「……要不要來活動筋骨？」他還滿想找個對手的，但瀲灩埋首研究，眼前只有一個不靠譜的神明。

「我不會欸。」他眨了眨眼睛，「黃粱才是這方面的專家呀……但我不能去叫她來。」他滿臉的失落。

鄭劾搔了搔頭。由於瀲灩一頭栽進神器的研究，他和這個缺心眼的神明便熟了起來。他還真沒辦法對他產生絲毫尊敬，只有容忍和溫柔的情緒……和常常要壓抑的、狠狠暴打他一頓的衝動。

他聽泰逢說過原範因觀察小組的成員，如數家珍。他們泰坦間的感情是很好的。現在原範因觀察小隊幾乎都調到理性孤星，他卻得躲躲藏藏，不能去見老朋友，心底一定很寂寞吧……？

「你是因為朋友的關係，所以才特別關注理性孤星嗎？」鄭劾好奇的問。泰逢對範因大文化圈星系的感情非常深，深到每個眾生都感受過他溫柔的注視。但他對理性孤星的關注，卻不像是想糾正錯誤而已。

這已經不是他的範圍了。

泰逢的笑模糊了起來，眼中有著點點淚光。「……因為我看到了一幅理性孤星的火車結構圖，還有一個奇異的亡靈相關報告。」

「啊？」鄭劾摸不著頭緒。

「這個……你一定會笑我。」泰逢扭捏起來，「當我看到火車結構圖，又去把理性孤星的相關報告找出來……就、就哭了……」

……火車有那麼令人感動嗎？鄭劾仰頭想了起來。頭回看到火車他也很興奮，但也沒興奮到哭呀……

「理性孤星的神祕，被壓抑得很慘喔。」泰逢注視著湧泉，瞳孔濺入水光粼粼，「靈氣稀少，人間簡直是真空。我、我真的無法想像沒有法術的世界，還被剝奪了好幾千年的文字。」

泰坦和範因的發展相類似，都是初有語言，不久就有文字，語言和文字構成最初的咒和禁，神祕依此發展，之後才理性的發展科技。但神祕和理性往往相輔相成，自然得跟呼吸一樣。

這是稚弱的初民跟嚴苛的大自然對抗，最大的本錢。

雖然之後範因的發展稍微逸軌，獨尊道門而和理性科技漸行漸遠，一來是已經脫離初民的艱困，二來是民間依舊的神祕和理性相依並存，並沒有太大的變動。

相較於這兩個文明，理性孤星卻艱難到令人掉淚，被徹底剝奪了神祕。

「但他們……好勇敢。被這樣惡質的錯待，被這樣剝奪……他們還是找到自己的『法術』。用很多很多人集合起來，用一小塊一小塊的鐵皮、螺絲、管和線，構成這麼大的傳輸法寶，很笨很笨的……」

他攤開手，星塵流轉成藍色的光球，「卻堅持自己的『法術』。沒有法力，他們就集合起來，相同的用許多許多的鐵皮和螺絲，管和線，做成更大的『發電廠』。天地不借他們靈氣法力不要緊，他們創作自己的法力……跟環境對抗……」

由星塵凝聚的淚落了下來，「連死掉的獨角獸被『衰亡』吃掉了，都沒有轉化成衰亡，而成為對抗衰亡的反衰亡。就像是，就像是……看不到、聽不見、不能說話的孩子們，用盡一切力氣活下去，可能比正常的孩子活得更好、更堅強……這叫我、叫我……」

他摀住臉，美麗的星塵之淚不斷墜落，「叫我如何面對自己的錯誤，如何面對我的歉疚……」

這個時候，就在這個時候。鄭劾徹底的承認，他的確是執燈者、看顧者、哀之眼。

範因諸星系的唯一神——泰逢。

一點點都不覺得他是冒牌貨，完全不覺得了。

第五章　醞釀

同樣取回千年道行，鄭劾因為境界剛好跨入「平靜」的階段，和當前境遇相符合，頓悟之後，更把他原本個性的火爆急躁順緩許多，頗有天人合一之感，沒有刻意修煉，反而突飛猛進。

相形之下，瀲灩頓悟之後還沒來得及消化，就一頭栽入破解神器的艱鉅任務中，過度勞心的情形下，她反而虛畏疲倦，境界似有倒退的傾向。

修煉到他們這種地步，境界倒退就有走火的可能。但即使複製了瀲灩全部的知識，要融會貫通也非一朝一夕可即，看她這樣，鄭劾實在擔心。

這日，他陪著泰逢澆完一路的花草，就瞧見瀲灩坐在湧泉邊，以水為介，將神器裡頭的咒文陣群複製出來，懸在半空中，東一串、西一串，正呆呆的抬頭，苦思惡想。

真是一天比一天憔悴了。鄭劾想。神器破不破解，其實他還滿無所謂的。此路不通，尋別路就是了。真不行了，盡力就是，大不了跟無硬碰硬，來一個殺一個，來兩個殺一雙，總可以達到溢漏和毀掉的平衡。

但瀲灩在這兒虛擲太多心力，已成我執。若是這關過不去，早晚成一個心結，將來修煉極為不利。

這個時候鄭劾還沒發現，隨著取回的功力，他已經漸漸恢復成過去那個憲章宮監院，只是更有人氣、更完全罷了。

他低頭片刻，輕喚著，「瀲灩。」

好一會兒，她才大夢初醒似的轉頭，「……嗯？」

「我以前呢，若是有什麼關卡想不通、參不破，就會叫個弟子來，對他把想法從頭說到尾。」他往瀲灩身邊盤腿坐下，「往往說完了就算還沒想通，也釐清許多疑點。」

「這就叫做……教學相長？」泰逢笑彎了兩個眼睛，「好玩好玩，妳要不要對我們說說看？」他也興致勃勃的坐了下來。

瀲灩眨了眨眼睛，好幾秒才懂他的意思。想想，她也笑了，一頭鑽進去這個符文構成的迷宮，食不知味，寐不成寢，自己苦也罷了，帶累得鄭劾也擔心。

「……也對，大家一起參詳吧。」她靜下心來。鄭劾起點太高，沒有系列堅實的學過符文，泰逢他們那樣開天闢地的偉大神明（？）大約也沒仔細學過這種旁枝末節，所以她先解說了符文的入門，才講解這個複雜無比的咒文陣群。

她原本修道不易，在莫言身邊試過諸般法門，莫言原本就非常重視基礎，符文更是法術與道學的根本，當然是勤管嚴教。

符文學極其複雜，但入門符文卻不到萬字。一個字有一個效果，成句又有更大的威力。等要構成可以使用的符文陣，符文數量是很驚人的，所以之後發展出濃縮符文，改用「咒語」（語言構成的文字）、「姿態」（肢體構成的文字）、「符咒」（銘刻或書寫在咒具的文字）來驅動，並且通過「心念」轉譯，這是進階符文。

等精通進階符文後，又再次濃縮進階符文，改由快如閃電的「心念」來達成「咒語」、「姿態」、「符咒」以及原本的「心念轉譯」，到此才是高階符文，又稱為訣。

正統的符文學應該是這樣循序漸進的。但獨尊道門之後，經過諸般演化，現在入門符文在民間依舊流傳，但道門早已棄而不用，直接從高階符文入手，講究傳授各式心念波動來驅使符文陣。若不是莫言這樣重視基礎的老師，許多道門弟子對進階符文可說是一問三不知。

但這個可怕的天才，卻用民間使用的入門符文來構成這個龐大的咒文陣群，而不是心念波動的道門符文，更不是高手級的神靈符文。瀲灩一直參不透他為什麼要用這種麻煩的方法，但這種最基礎的手法，的確完全無需心念解譯，執行起來更為直接快速，而且毫無錯誤。

甚至棄絕了陣圖，非常完全的只用符文來構成。簡潔、完美，順暢而平衡。但也成就一個複雜到極致的符文迷宮，想要反推其他部分，簡直成了不可能的任務。

聽完了整套解說，和瀲灩的知識相對照，鄭劾不禁讚嘆，沒想到使出來這樣簡單的符文，竟有這麼大的學問，真是大開眼界。

他抬頭看著凝在空中的咒文陣群。瀲灩真不愧是幾千年的書呆，居然可以將相關的抓在一起歸納，而不被符文迷宮所迷惑……

但這個咒文陣群卻讓他有種熟悉的感覺。他試著從條件、啟動、目的去推想，從入門翻譯成進階，然後高階。他呆了呆。

「……瀲灩，這一群咒文陣是『迷惑咒』。」他指著懸在空中的一小串符文說，「咦？這群是『束縛咒』啊……那個是『昏亂』、『蠱毒』……」

瀲灩抬頭，好一會兒才猛然拍自己額頭，「……我笨死了！原來如此，我、我……我見樹不見林啊！」

終於想通、明白了。她一直將這龐大咒文陣群想成一個整體，試圖從一個個細小的咒去破解。事實上，這是由諸多他們早已使用到爛掉的符文陣所構成，並不是一個個細小的咒文。

講白些，就是由許多高階符文陣組合，用入門符文來書寫，像是將常用的電腦語言翻譯成最基礎的零和壹，讓電腦直接執行。

聽了半天的泰逢，咬著食指，「那是不是傻瓜也可以用呀？完全不用翻譯欸，真

好。」

一言驚醒夢中人。瀲灩和鄭劾驚駭的對視一眼。沒錯，經過這樣的處置，完全無需心念解譯，也就是說，根本不用修煉，只要知道啟動和指揮的語言或文字，就可以使用強大的神器。

沉默了片刻，鄭劾深深嘆了口氣。「沒想到有傻瓜相機，還會有傻瓜神器。」

雖然是這樣的沉重，他們還是忍不住笑了出來。

一解開這個幾乎成了心病的謎團，瀲灩大大的鬆了口氣。

原本複雜到找不到出口的符文迷宮，立體的出現在她腦海裡，隨著咒文陣群的整合和發想，她反推出整個神器的大致藍圖，和最適合的方位。

這是一種很難說明的狀況。像是從一個破片推想整個瓷器。原本這是不可能的，但研究透了整個咒文陣群，她也領悟到原創者的手法、習慣和思考方式，而且她已經知道這個創作者的出身，一個以知識入道的天才學者神靈。

瀲灩雖非以知識入道的，但其實這是她最適合的法門，只是她自己渾然不知罷了。獨創的心法只修煉了她原有痼疾的弱質，但境界卻幾乎由知識所提升。莫言給了她先入為主的成見，所以她一直將讀書和求知當作一種有趣的消遣，但也因為這種無知者無畏的豁達，讓她這條應該非常艱辛的求道路平順無礙。

因為不求，所以道自然在她心中。

參透這個神器的一部分，一種喜悅和興奮衝進她的心底，像是蜜糖在小鍋裡冒出火熱的啵啵聲。她宛如成為當初那個製作神器的神靈，專注而狂熱的一行行寫著符文，打入神器中，單純而純粹的，因為知識而點燃的熱情和專一。

甚至她還能聽到神靈興奮的大笑，體會他那極致的快樂。

一切是那麼完美和諧，眾生平等。重要的是創作的過程，從來不是結果。

他也只是想要打造一個傾盡自己所學精華的創作品，並不是想要使用。將神器留在家族，也只是想要讓後輩體會知識真正的喜悅。

我感受到了。瀲灩在心底回答。老師，我感受到了！

就在這一刻，這神祕的一刻。神器的奧祕讓她徹底參悟。她修道原本卡在最後一步，度劫與否本來沒有把握。

原來，原來。蛻變從來就沒有什麼劫數，就像蛹化成蝶、種子萌芽那樣的自然。

蛻變得了，很好；蛻變不了，也只是順應自然而已。

道門的劫，就是想反抗這種自然，才會生出劫數。

修道，果然沒有捷徑啊！

或許是和瀲灩心意相通，不應該由知識入道的鄭劾，也隨著瀲灩的感悟相融一氣，像他們本就是一體的。

心底明淨通亮，鄭劾的平靜也過渡到瀲灩心底。他們交握雙手，閉上眼睛。平心靜氣的迎向自然湧發的劫雷。

在劫雷落下的瞬間，他們聽到泰逢的歌唱，美麗乾淨得宛如最清澈的小溪，蜿蜒在大地之上，萬物因此蓬勃生長。

＊　　＊　　＊

渡劫了？

他們倆莫名其妙的對視，別說傷痕，連冒一點煙都沒有。他們起碼挨了幾百雷，沒有任何防護。

是泰逢出手嗎？

「我沒有出手呀。」他困惑，「蛻變的考驗要自己去承受……誰能幫忙呀？再說我要是使用法術就會被發現，我只能在旁邊打氣。」泰逢笑得非常開心，「恭喜你們蛻變了。我已經很久很久沒看到自然蛻變了唷，你們好奇怪，老愛走很困難的彎路……」

……欸?!

鄭劾瞪著泰逢，上下的摸著自己。原本的元神轉為氣海。若說以前的元神不過是個小池塘，現在大約有湖水的規模。但他內視自己，道行頂多千年，也沒強到哪去。

……就這樣？

「不然你以為？」泰逢笑咪咪的舉著白皙的食指，「這跟孑孓變成蚊子一樣嘛。但三斑家蚊和台灣大蚊都是蚊子，大小可是差很多的。蛻變只是個階段，打架可不見得比較厲害呢。」

「……真謝謝你的解說。」鄭劾的臉都白了。

「唉唉唉，不要失望嘛。」泰逢趕緊說，「你們可以去神靈界了呀，不久之後就會自然飛升……你們不是一直很想回家嗎？現在可以啦，而且我不用插手……」換他的臉發白，「啊，完了！劫雷引起那些傢伙的注意……」

他化成萬千星塵，捲起鄭劾和瀲灩，從收集室消失無蹤。

漆黑的天空有著無數冷淡星辰，之下是無垠無盡的黑色海洋。

即使已經蛻變，擁有的眼力可以看透千里，但他們居然看不透這無盡汪洋的邊境。

「……這是虛無之洋？」瀲灩喃喃著，卻讓鄭劾的臉更蒼白。

泰逢沒有回答她，只是焦慮的現形，「完了完了，我小心不用法術也沒用，老天要用雷我也攔不住……還沒找到神器啊！我我我……人家不甘心……」他氣得直哭。

「月球！」瀲灩雖然不知道泰逢在躲什麼，但她已經知道神器放置的地點了。

愣了幾秒，泰逢慘叫出聲，「我是白癡，我真是白癡呀！幾界都共用一個衛星根本不可能嘛，居然沒人想到去看一看……」

他帶著鄭劾他們飛快的往一個星辰奔去，但一路上，構成泰逢的星塵卻不斷崩潰。

「……來不及了。」泰逢咬著唇，「以後可能再也無法見面，請求你們糾正錯誤……」

「一定。」鄭劾驚慌的施法想阻止他的崩潰，「別死！」

「這是虛體，不是死掉……」但他湧起的淚也在崩潰，「被同事發現了……我大約會被開除吧……」

若是不能找個最近的星門，這兩個孩子只能困死在虛無之洋……太殘酷了。

他徹底散形，成為星塵構成的龍捲風，將他們倆拋進最近的星門。

「泰逢！」瀲灩伸手大喊，他重凝成哀傷的眼睛，便完全消散。

墜入星門，瀲灩和鄭劾離開了庇護他們的執燈者。

＊　＊　＊

他們摔成一堆，乒乒乓乓的砸了不少器皿。

好不容易相扶著爬起來，卻不知道身在何處。看器皿破碎和狼藉的痕跡，他們像是從牆上的大鏡子滾出來的。

一個女人瞪著他們，好一會兒才想起要發怒，嘴裡哇哩哇啦的大罵，風火雷霆四射，將他們倆從店裡轟到街道上。

「混帳東西！」那個大嬸衝了出來，「什麼玩意兒，敢砸我的店?!你們父母是誰?!賠來！」

他們倆糊裡糊塗的蛻變，雖然像此界說的已然成仙，但實力恐怕還不到李嘉的一半。被扔到這個怪地方，還沒搞清楚狀況，已經被打得抱頭鼠竄。

唯一可以肯定的是，這裡不是人間，語言也還能了解。抬頭看著眼前徐娘半老的大嬸，應該也是白魔……但身上卻感應不到絲毫印記。

「裝啞巴就沒事啦？說！哪家的孩子這麼沒教養……跑到我的店裡撒野！」她扠腰罵得更兇。

難道轉了一圈，還是又回魔界來？

「大娘別生氣，跟您道個不是。」瀲灩蛻變後容顏更精緻絕倫，以知識度劫更讓她有份強烈的書卷氣，沉穩了原本有些風塵味的嬌懶，「我們是讓人傳過來的……請問這兒是哪？」

瀲灩的氣質一下子鎮壓了店主的火氣，這樣舉止，也不像那些跑進來野的毛孩子。看他們的修為，也不像是可以瞬移的……大約是大人跟他們鬧著玩，失了手。

「新皇城。」她沒好氣的回，「瞧你們穿得怪模怪樣的……不會是澧海那兒來的吧？」

他們依舊穿著皇儲侍從的衣服，瀲灩是無袖連身短裙，裙襬只到膝蓋。鄭劾無袖連身短上衣，但穿著件牛仔褲。同樣穿著短靴，腰間繫著代表皇儲侍從的龍皮皮帶。

原本在和坦丁對峙時已毀，這還是泰逢不曉得用什麼方法恢復的。

反觀店主反而穿得磕磕絆絆，寬袍大袖，重重疊疊。倒和瀲灩在人間做花魁的服飾有三分相似。

「新皇城？」鄭劾糊塗了，「至尊幾時蓋了這個新皇城？」

「什麼至尊？天帝生了小皇子，新皇城就有了。」她狐疑的看了他們兩眼，咕噥著，「哪來的鄉巴佬？」

雞同鴨講了半天，鄭劾更糊塗了，「至尊，不就是第七代路西華？」

這話一出，大娘的臉刷得慘白，「……你們是魔界的人！救命啊～」她扯著嗓子大喊，一面煙火似的放求救信號。

還沒搞清楚狀況，兩邊街道就湧上了重重疊疊的士兵，刀槍劍戟一起指了過來。

「……好熟悉的光景。」瀲灩悶了。

「走到哪被抓到哪，有沒有這麼倒楣？」鄭劾也悶了。

且不提他們那廂萬般無奈，這些重重疊疊的天兵天將也是心底直打鼓。

自從大災變後，才從瓦礫堆裡重建東方天界沒多久，最近又出了極大的禍事。主力部隊都開去戰場了，連天帝和娘娘都趕赴前線。駐守新皇城的，不是老弱，就是婦孺，連他們這批皇城警衛都是新兵中的新兵。

沒想到萬年前的宿敵魔族居然趁虛而入，城內防護大陣一點都沒觸動……真是太可怕了！

說到魔族，他們這些新兵也只知道跟天人纏鬥多年，一個也沒瞧見過。在老兵的渲染下，早把魔族看成吃人肉、喝人血，殘酷無比又魔威兇猛的角色，根本沒想過是誇大的吹牛。

這對漂亮的少年、少女在他們眼中，連彎彎嘴角都覺得在咆哮，動個手像是準備毀天滅地。個個都緊張得握緊武器，有法寶的掏法寶，有仙劍的掏仙劍，稍有動靜就準備讓他們死無葬身之地。

「神敵！」隊長定了定神，大喝道，「神魔早有和約，你們為何心懷不軌，私闖我天界皇城?!」

「神敵是什麼？」鄭劾轉頭問瀲灩。

「就是魔族……你懶到不想動腦子？我的知識不是都複製給你了？」瀲灩罵了。

「對吼……」鄭劾摸了摸腦袋，「問習慣了，對不住對不住……」

複製知識?!天兵天將齊齊倒抽了口氣。即使是神敵魔族，路西華皇室還是大大有名。這個統一魔界的魔主皇室，號稱「不死不滅」，就是因為他們的知識和記憶可以複製傳承下去。

但天人知道的一知半解，所以瀲灩一開口，他們就誤會到這對少年、少女是魔族皇室的。

「拿下！」隊長大喝，「拒捕斬無赦！」

看到這麼多人一湧而上，仙劍法寶一傢伙亂砸，說打就打，瀲灩和鄭劾也不禁大驚。幸好他們蛻變後功體堅實，挺過了第一輪的攻擊，只是有些頭昏眼花。

這個當口，小封陣摸到啥就是啥了，連布陣都沒有餘地，剛好讓鄭劾摸到漸微做給他玩耍的雷霆槍。裡頭佈了一個小型雷陣，動能卻是核能轉電。原本是給他痲痹人類，擺脫糾纏用的。

哪知道鄭劾取回千年功力又莫名其妙蛻變，功力大增，卻從來沒有臨敵對陣，不知道自己有多大的長進。他照著當年法力低微的時候全力輸出，激發了雷霆槍，結果法力增幅之下，連天人都吃不消，電倒了一大片，爆掉幾個法寶，不小心還讓核能過度反應，一傢伙爆出一整個蕈狀雲。

他的雷霆槍當然是一發就完蛋了，連灰都沒有。若不是漸微研究有成，核能改進到無污染的程度，鄭劾這就成了天界的千古罪人了。

不說他嚇傻了，被炸得滿頭灰泥的瀲灩也傻了。但她恢復得比較快，抓住鄭劾，啟動神器的「迷霧」。

她研究這個神器已久，雖然只是防禦部分的仿製品，倒是掌握了七八成。即使不知道指揮靈訣，但研究透了，也用不著那些死物。她用法力微量激發，就讓整個街道煙霧瀰漫，伸手不見五指。

趁機趕緊突圍而去，想直接飛走，但皇城卻有堅固的防禦陣，兩個人差點撞死。咬咬牙，她再次運轉神器，突破防禦而去，看著皇城一片霹哩啪拉，大陣垮了個七零八落，心下懊悔極了。

才到地頭，就結下這麼大的樑子。

「你啊！……」她怒吼出聲，氣得說不出話，重重的「嘜」了一聲。

「他們先動上手的哪！」雖然把自己嚇個不輕，鄭劾還是頂了回去。

「需要這麼華麗嗎？都蛻變了，要飛升了，還這麼毛毛躁躁……」瀲灩罵了。

「咱們半斤八兩，誰也別說誰。」鄭劾不服氣，「我就電昏了幾個人，毀了一兩棟房子，是誰把半個城的防禦大陣給破了？那個什麼天帝的肯饒我們？」

他們倆對罵了一會兒，直到瀲灩覺得吃力，落在一個小玉山上頭。互相瞪了半天，兩個都灰頭土臉，想想到天界沒一刻，莫名其妙打了一架，弄得這麼狼狽。

鄭劾噗嗤一聲，瀲灩也笑了。

「天人真不友善，」鄭劾抱怨，「至尊最少還問了我們才開打呢，哪有這樣問都不問的……」

話還沒說完，一根箭就從他鼻頭擦過，射進旁邊的石壁裡，直到沒羽。

「……老子不發威，讓你們當病貓啊?!」他發狂的跳了起來，飛向烏鴉鴉一大片的追兵。

「鄭劾！」瀲灩現在才想明白，她追著想阻止，「武器使不上啊～」

氣昏頭的鄭劾一甩符鏈，才知道瀲灩的意思。別說雷霆槍撐不住他的法力，連他的符鏈都碎個精光。

……這下好了。以前的武器呢，統統沒得用。但他小封陣的武器呢，是他登峰造極時的得意之作，別說使，拿都拿不動。

難道要他赤手空拳打發這些追兵？要殺沒大仇，而且雙拳怎敵四掌？人家還是四掌乘上N倍，N還屬於自然數。

「愣著作什麼？」瀲灩扯著他的胳臂，「逃哇！」

不得已，轉身飛逃。但他心底的那個窩囊，真是沒得提了。

沒想到他們居然遭逢了天羅地網。

明明他們倆是小角色，為什麼這麼大費手腳，瀲灩真是納悶不已。他們不曉得，因為前線吃緊，而四方天界只能各自作戰，無法聯合，恐怕會被各個擊破，天界的氣氛原本就低盪而緊張，沒想到宿敵還渾水摸魚，直抵新皇城。若不把他們倆抓來審問，真讓魔族摸來，腹背受敵，東方天界非淪陷不可。

卻沒想到只是誤會一場，所以大動干戈起來。

短時間凌空飛行是沒什麼，但時間長了就無以為繼。之前飛行都會藉助一些法寶，比方說符鏈、滑板，靠裡頭蘊含的陣法可以省力很多。現在鄭劾真是拿一件毀一件，瀲灩又還沒時間去思考怎麼控制法力。

逃到任何一個方向，就一大群天人喊打喊殺，亂七八糟的扔法寶和仙劍。鄭劾不

想殺人，手底又沒半樣武器，只能把他最早領悟的雷訣拿出來使了又使。蛻變後雖然功力不足，威力也非同凡響。

只是劈昏一個，冒出千千萬萬個，久了他也脫力了。

他們倆都是糊裡糊塗度劫的，在原界時，自然有所準備，但時日還久，有些還在煅治鍛鍊，沒想到要帶在封陣裡，再說他們鬧了個功力薄弱就度劫，就算帶了也用不得。

雖說瀲灩手底有個神器的仿製品，但她功力薄弱完劫，即使是個傻瓜神器，她卻連一點運用的靈訣都不知道，完全靠法力和心力去推算使用，更是力倦神疲。

「上天無路，地遁了吧。」鄭劾咬牙，拉著瀲灩往下衝。憑現在的功力應該是成的……

若不是他性急，半空中預先將地遁術打了下去，激出火花，他還不知道百里內的地面都被禁制了哩。即使緊急煞車，還是摔了幾跤才站穩。

蛻變後別的沒有，眼力增強很多。他瞧見了追兵雖然還沒發現，卻憑本能往這兒聚攏了。

天人還真不能小覷，包抄圍捕的將他們逼往皇城。他心底焦急又佩服，卻不知道每隔段時間就有人大鬧天宮，這些天兵天將早就針對這個百般推演了，所謂久病成良醫。

眼見就要躲不過去，他們一被逼入皇城，殘存的防禦大陣發出光芒，這次天人用人力代替陣力彌補，將整個皇城封鎖了，想來個甕裡捉鱉。

疲倦的瀲灩再次啟動神器，將他們倆隱身，小心翼翼的避開呼呼喝喝的追兵，躲在城裡的拱橋橋洞下。

他們靠在一起，大口喘氣，輪班著入定調息。

困在這兒，還真不知道怎麼辦。正發愁時，鄭劾眼尖，看到橋柱旁有個下水道口，僅用一個薄弱的禁制攔住落葉殘花，這種小禁制對他來說不費吹灰之力，悄然無聲的破了，兩人便偷偷溜入了皇城的地下水道。

這時候他們才算暫時的鬆了口氣。

鄭劾放出神識，卻發現大部分地方都有古怪，不敢輕探。他們立足的地方本來也有，這個防禦大陣是狐仙管寧的手澤，管家禁制獨步三界，可以說是陸海空全面防禦

了。但瀲灩破了大半的防禦大陣，修復的天人卻沒有管寧的手段，所以才留下這個漏洞。

「……走不了多遠，且歇歇吧！」度劫沒半天，什麼都還來不級細思，就被打得亂跑，鄭劾全身隱隱作痛。

瀲灩正在察看武器，狐王給的無鋒劍，輕得跟牙籤沒兩樣，輕轉兩招就產生裂痕。她抱著腦袋，想了好一會兒。

度劫後沒多久，她和鄭劾就會飛升。時間突然變得很緊迫，早則數月，晚則幾年，沒辦法慢慢耗了。她幾乎能夠明白整個神器的運作和結構，也能夠了解為什麼會有溢漏的衰亡。

甚至她也知道目的地了，就算是打，也得打出去。

但兩手空空呢，別談打出去，別現身就被捆走已經是上上大吉，哪有那個時間跟他們在監牢裡慢慢耗？耗到飛升了，拿什麼臉去面對泰逢的託付呢？

想了許久，她看看手底的神器仿製品，就開封陣拚命翻。

「……妳在幹嘛？」鄭劾狐疑的看著她。

「準備煉器。」她悶悶的聲音從封陣裡傳出來。

默然片刻，鄭劾不敢相信的輕問，「煉器？現在？」

「不然兩手空空，你想怎麼打出去？」瀲灩的聲音非常無奈。

「妳還老罵我呆呢！」鄭劾嚷起來，「一是煉器曠日費時不說，一開禁制爐不免要大張旗鼓，是掩不住的……才開爐就被圍捕，還煉個屁喔！」

「所以不開禁制爐嘛。」瀲灩默想了一下，把所有的材料找出來，又催著鄭劾開封陣，東湊西湊，勉勉強強湊出兩把飛劍的材料。

看鄭劾一副摸不著頭腦的呆樣，她心底有點不妙，「……九種煉器，你會幾種？」

他的臉不禁發紅起來，根據瀲灩的知識，他曉得有九種煉器法，但他會的實在……「一種。」

「……煆鍛法是吧？」瀲灩沉重的嘆口氣。這根本是廢話中的廢話，修道者再怎麼不精通，也知道這種用煉器中最簡單容易的法門。她順便看了鄭劾打造的法寶兵器，邊看邊搖頭。

這個原界榜上有名、堂堂憲章宮監院的大宗師，煉器學得非常馬虎。但因為他功力高，所以就算是最基礎的煉器也威力強大，但構思手法卻不如三流門派的入門弟子。

讓老打鐵的看到，一定會破口大罵。

想到這個生死不知的忘年之交，她心底湧起一陣淡淡的感傷。蛻變之後，她的功力沒大長進，心境卻像是去了一層桎梏，感到無拘無束，反而真情流露，過往的情感一一甦醒。

若說她在仿界大哭大笑，那是境界倒退太多，有了少女心性。取回千年道行，原本就該能壓抑住這種心性，但她取回功力就度劫，這種屬於道門靜心的壓抑，顯得很矯揉造作而無謂。

她隱隱覺得神靈似也有境界和修為之分，但眼前卻不容她靜修思索。

老打鐵擅長煉器，她也看過不少。這個古怪的煉器大師反璞歸真，喜歡用人間最基礎的打鐵爐，但其他的他也勇於嘗試，讓瀲灩大開眼界。

「我打算用冷凝法。」瀲灩解釋，「那就不用大動干戈，用神器將材料熔了就是

了。」

「妳說得倒輕鬆！」鄭玅大吃一驚。「……妳這是飛劍的材料！」

「沒錯，我就是打算用冷凝法煉兩把飛劍。」她嘆息，「只是材料東缺西缺，又沒時間養劍，怕是會很差勁……但眼前堪用就好，也想不到長遠了。」

「……沒人在用冷凝法煉飛劍的啦！」鄭玅嚷了出來。

「凡事總有第一次嘛。」瀲灩淡淡的說，揮手佈下一個禁制，好讓煉器的動靜不被發覺，就將神識侵入神器，飛快的運算和啟動神器的「熔岩」。

在小小的神器上面，湧出無聲無息、卻翻滾沸騰的暗紅，但瀲灩將之逼住，所以看起來像是個籃球大小的水晶球裡頭擱著不斷冒泡沸騰的熔漿。

鄭玅搔搔頭，在瀲灩致意的時候，將煉劍材料一一扔進那團火熱中。

瀲灩心底也不太有把握。神器本身是個複製品，而且僅僅是防禦的部分，既不適合來攻擊，更不適合來煉器。而這個神器她只敢說懂得基礎，但她發現還有更多組合變化，簡直像是幅璇璣圖，她只知道基礎，還不能掌握大部分的變化。

所以她只敢拿來熔煉材料，還不敢用神器直接煉器。

但冷凝法，勉強要說明，就像這界的「吹玻璃」。她也承認，這靈感的確來自古老的玻璃器皿。這界將砂石高溫融化成液體後，用根吹管來膨脹塑形，和老打鐵的冷凝法居然有異曲同工之妙……她決定實驗看看。

只是冷凝法通常都拿來製作法寶，而未曾有人拿來打造兵器。說不得，只好嘗試一下。

於是在皇城守衛大翻特翻新皇城的時候，他們這兩個被追捕的逃犯，居然躲在地下水道，異想天開的打造飛劍。

但熔煉完材料，瀲灩想退出神識，才發現不妙。她無法收掉這團「熔岩」，神識一準備退出，這團火熱就不受控制的膨脹，發出雪白的高溫。

她額下滴下一滴汗，緩緩的侵入神識，壓制熔漿。但材料已經反覆沸騰，發出了光亮的銀影……可她有點無以為繼了。

「……鄭劾，你來幫個手。」她勉強開口，一鬆神，熔岩和劍料一起擴大好幾倍，他們度劫後，身體強悍異常，尋常法寶都傷不了，卻被這種可怕的高溫燙得起水泡。

鄭劾心底直冒寒氣，打入一訣，開始幫著壓制神器的威猛。

如此循環九次，劍料也被反覆熔煉九次。現在的形態已經不是他們所知的任何材質，發出隱隱的靈光，還未成劍，已經有了靈氣。所有的雜質早燒個精光，弱一些的次等劍料早已焚毀，他們相視一眼，心底也是一片迷糊。

這已經不像是物質，反而像兩條火蛇互相糾纏。

如今已經騎虎難下，真控制不住，從地下炸上去，誰知道會不會炸垮皇城。他們大約可保無恙，殘存的防禦大陣大約也可吃下一半傷害，天人有法力隨身，也不見得有太大的傷亡……

但炸垮人家的皇城，天帝的心性若跟至尊相同……他們倆連想好好的死都有困難了。

硬著頭皮，他們開始同心協力的冷凝火蛇似的劍料，並且將這團已經發青到無色的高溫，轉化法力硬化成低溫冷凝。

第一次遇到這種古怪劍料，又狀況頻仍，手忙腳亂下，已經不算是正統的冷凝法了。靈動的劍料在禁制裡飛來飛去，快如閃電，惹得鄭劾破口大罵，最後他情急之下，用上了上邪煮咖啡的法子，用法力震暈了劍料，以大量法力為水，以煉丹的方式煉劍，這才轟然成形。

這是兩把奇怪的飛劍。他們倆都見多識廣，卻瞠目摸不著頭腦。這兩把飛劍似蛇，幾乎透明，當中有絲淡藍和火紅，絞股纏繞在一起，倒有點像是此界醫學的符號。

那大團的火熱也收縮到一個十元硬幣大小，不再擴散了。

瀲灩小心翼翼的退出神識，不見動靜，稍稍放下心。她和鄭劾各得了一把，幾乎還沒掐訣，飛劍就迫不急待的入體。

我們，到底煉出什麼怪物？他們倆一起湧起相同的疑問。

不過他們很快就知道了。

神器喚出來的火熱，又收縮得根針一樣。

「不妙！」瀲灩喊出來。

她話語方歇，那團收縮到無可收縮的火熱爆裂開來。觸動了整個剩下的防禦大陣，摧枯拉朽般，轟動震盪了整個大陣，所有陣體一起碎塌，新皇城六個城區，氣勢磅礴的垮了兩個。

但他們倆毫髮無傷。兩把飛劍共鳴，讓他們身影朦朧起來，像是一團稀薄的霧氣。這柔弱的霧氣，卻把毀天滅地似的大爆炸隔絕在外。

他們倆逃出開始淹水的地下水道，面面相覷。

「……希望那個什麼天帝的不會抓我們去剝皮。」鄭劾悶悶的說。

「……別說了。」瀲灩頹下了肩膀。

第六章　三界共命

強烈的震盪，驚醒了靜修的管寧。她睜開嬌媚的雙眼，遙望新皇城裊裊的煙霧。

雖說新帝都改名為新皇城後，星君軟求硬磨的要她佈下防禦大陣，但末日後，四方天界半燬，各界通道更坍塌得亂七八糟，人人自顧不暇，新皇城佈這防禦大陣該防誰？

雖然她覺得沒必要，但星君開口，她又不好推辭，只好隨便佈個防禦大陣，將就過去算了。雖然她偷工減料，但能撼動這陣的還真只有個位數。

緩緩的起身，從她靜修的氤霧山望向新皇城，清風拂動她如雪的衣裳，不著首飾，散髮赤足，遠望宛如觀音，但卻嬌媚得令人臉紅心跳。

她是赫赫有名的九尾狐仙，曾經獨力修補裂縫達百年之久。管家禁制，獨步三界，她更是管家第一人，連敗德天孫帝嚳都敢與之對峙。狐影遭貶下凡兼避禍，就是

她獨撐大局，才沒讓裂縫擴大到不可收拾的地步。

她成仙後，末日前就勞苦百年，末日後為了幫著重建斷垣殘壁的東方天界，更是日夜匪懈，直到這十來年略有規模，她才請求歸隱潛修，畢竟她早已鞠躬盡瘁，只差死而後已了。

天帝和娘娘待她倒真的不錯，不但保留薪俸職銜，還特別送了氤霧山給她靜修，抽空還會來拜訪，自個兒捨不得用的好東西一樣樣往這兒送。她也不好意思撇得太清，就答應當了個清閒的顧問。

拿人手短，吃人嘴軟。新皇城出了事，她也不能說不要管。畢竟家裡大人都趕往熱火朝天的戰場，連星君都去了。真能做主張的，只剩下她這個天帝顧問。

看幾個天兵飛過來，遠遠的請安，連額上的汗和血都來不及擦，她就覺得更不妙了。

這幾個孩子嚇壞了，說話不清不楚的，口口聲聲說路西華打上天了。

墮落天使若打上天，怎麼還容你們幾個小輩來報信？她有些想笑，一面走一面細問。

等問明白不過是兩個魔族，炸是炸垮了兩個城區，爆掉了防禦大陣，輕重傷是有，多半是來不及逃離讓房屋壓傷的，真讓他們動手的卻沒幾個。

「好厲害手段。」她不禁讚嘆，「趕得上當初大聖爺和咱們天帝化魔的時刻了。」

「管娘娘！」滿頭灰土的天兵嚷起來，「這可不是讚嘆的時候！帝君交代我們看家，看成這樣……我們怎麼交代呢?!」

管寧不得不把笑悶在肚子裡，「好吧，是交代不過去。咱們瞧瞧去，魔界太欺人了……派兩個小孩子就炸了皇城，嘻嘻……」她終究還是忍不住。

天兵們氣得目瞪口呆，既羞且怒，又不能發作，只能隨著她的金光趕赴新皇城。

* * *

瀲灩和鄭劾這一炸，真是炸出禍事來了。

不說天兵天將恨死他們，更把平民百姓的心底燒了把邪火。好端端的禍從「地

下」來，安穩的家成了堆瓦礫，個個火冒三丈，喊打喊殺，順便把家傳的法寶飛劍都拿出來使，什麼「節制術法條例」都忘個乾乾淨淨，將瀲灩和鄭劾防護用的劍霧炸得一片金光燦爛，邊炸邊罵，什麼髒話都出口了。

他們倆也膽戰心驚，看著滿天烏鴉鴉的天人。幸好他們倆搗鼓出來的這對怪物飛劍撐得住，雖然炸得寸步難移，但防護之外還有攻擊的餘裕。只是他們不想把仇結得更大，頂多毀去法寶或飛劍，卻不知道這樣比傷人還淒慘。

一件件鎮派或傳家寶在他們倆手下灰飛煙滅，真真心痛疊肉痛，更讓天人攻勢猛烈。

瞧瞧這可怕的「仙海戰術」，一人吐一口口水都可以淹死他們倆，何況這樣狂轟濫炸。他們的飛劍再怪，畢竟出世不久，更不要提涵養修煉，漸漸吃力起來，劍霧越來越稀薄。

鄭劾的火氣終於被炸出來，「講不講理?!老子沒殺人，可不代表不會殺人！」

劍隨意動，他的飛劍吞吐銀芒，一傢伙打落了幾個天兵，劍氣還翻倒了十幾個老百姓。

群眾卻更加鼓譟，宛如火上加油。

「一個都沒殺到，倒是勾起對方的殺氣。」瀲灩嘆息。

「閉嘴啦！」鄭劾更火了，「又不是殺我爹搶我媽，怎麼下手殺人?!」

正僵持得不可開交時，一聲呼嘯，天兵天將和眾百姓居然讓開一條路，只見一個柔媚蝕骨的仙子飛了過來，笑嘻嘻的。天人們卻對她執禮甚恭。

真正的妖族！

瀲灩和鄭劾瞪大眼睛，不敢相信的看著她。瀲灩的感覺尤其震撼。她鷰門原本就擅長與生靈溝通，諸妖與她有半師的緣分。雖然糊裡糊塗的度劫了，但她心態上還是修道者，尊重眾生的心態非常強烈。

若不是猛想起他們還在仿界，真要認為是九尾狐神前輩來了。

管寧也訝異非常。小輩們見識淺了，又都是天人。這兩個孩子絕非魔族，甚至不入任何她知曉的眾生之列。說是人類，卻已有仙體，而且法力古怪，雖然淺薄，但日後定大有可為。

雙方都迷惑的對望，一時之間，靜悄悄的。

還是瀲灩謹慎的一躬，「……瀲灩見過九尾狐神前輩。」

管寧眨了眨眼，輕輕一笑。「何必多禮，妳我平輩相稱就是了。看皮相我居長，就厚顏喊聲瀲灩妹妹了。」

他們倆驚懼更甚，氣度見識，幾疑是他們原界的狐族前輩。鄭劾也不敢輕慢，躬身行禮，「鄭劾見過前輩。」

管寧對他媚然一笑，天生的狐魅發揮個淋漓盡致，饒是修道多年，道心穩固，鄭劾還是滿臉脹個通紅。若不是離他們近些的天人也熬受不了這種極媚，摔了半打，他說不定會覺得異常羞愧。

「鄭劾弟弟不錯呢，還站得極穩，嘻嘻……」管寧掩口輕笑，「隨管寧姊姊去作客幾天吧……想來你們也不是有意毀了皇城，天帝也不見得太責怪。」

說得有商有量，笑語嫣然。但瀲灩和鄭劾卻聽出了骨頭，警戒起來。

「管寧姊姊，」瀲灩語氣也溫和下來，「我等誤闖天界，實在是意外。現下我們有要事待辦，待事情了了，親自來跟姊姊和天帝賠罪。」

「哎呀，先玩幾天再走嘛。」管寧泰然自若，「打壞的是天帝的皇城，又不是我的，我不用賠罪，更不敢作主呢。」

「姊姊別為難妹子。」瀲灩長歎。

「妹妹才別為難我呢。」管寧媚笑如絲，「別說姊姊欺負孩子，你們若走得了，就走罷。但姊姊不出手，天帝會怪我不留客的。」

瀲灩還在猶豫，鄭劾已經忍不住了。「謝您了，管姊姊。」抓著瀲灩，他一催劍氣，就想溜之大吉。

管寧一笑，心不在焉的揮出一道禁制。

這禁制輕描淡寫，無形無體，卻逼得鄭劾緊急煞車，還撞在上面惹動陣力，他們倆還打了好幾個滾才穩住，心底不斷的發冷。

禁制衍生成陣型已經別開生面，更糟糕的是，快速與雲霧結合，霜冷迷霧，竟然內蘊著殺陣與幻陣。即使度劫已有仙眼，他們倆還是被巧奪天工的幻陣困住了，瞬間像是身在魔界的鏡月湖，應該消逝的無名弋游重凝，翡翠葉片似的神器在她手上漂浮，並且運轉起來。

「這是幻境，幻境。」鄭劾喃喃著，「這只是幻覺，嚇不倒我的……」

但神器之上盤旋著暗紅的火熱，漸漸轉赤紅、藍而青，以至於無色……轟然的炸過來了！

「媽啊！」鄭劭大叫，迴劍硬抗，卻撐不了太久。

「擬心幻真。」瀲灩額頭都冒汗了，「這是我們記憶裡的殺著！」她一拍鄭劭，開始念冰心訣，好不容易沉穩心念，景物又一變，眼前居然是漸微。

一瞧見這個心理上的父親，眼淚差點奪眶而出，怎麼還有戰意？連冰心訣都快忘個精光，怎麼持咒呢？

「太過分啦！」鄭劭大吼，失去理智的他，蠻幹的大肆破壞。

瞧見他們撞進陣裡，管寧笑嘻嘻的。

狐族本來就長於幻術，九尾狐更精湛。她閑居無事，煉些小法寶玩，殺陣不甚厲害，幻陣卻厲害得緊。別人頂多以幻擬真，她更別出心裁的以心擬真，往往入了她這迷陣，喜怒哀樂各式心境相配合，就會衍生出多種幻陣，其實是空打空，困到沒力氣而已。

這兩個孩子看起來只是無心惹禍，交還給天帝發落便了。天帝若罰太重，她還打算求情呢，更不想怎麼傷他們。

這陣倒好，讓他們去鍛鍊鍛鍊，又可以等天帝回來，雙贏。

她正舉步要去瞧瞧被破壞個乾乾淨淨的防禦大陣，卻有種不妙的感覺讓她止步。

這「迷心觴」雖說修煉不久，好歹也算是她的得意之作，卻發出啵啵的輕震聲，幅度還越來越大。

她打了一手仙訣穩住，卻越來越劇烈，這修煉時日尚淺的仙器抵不住內外法力的激盪，很乾脆的破裂了。

法寶既碎，禁制維繫不了，陣型自然崩潰。原本想逃的鄭劾哇哇大叫，衝了過來。

管寧心底覺得好笑，倒也覺得振奮。她成仙以後就勞苦補天，之後筋疲力盡得只有力氣靜修。但靜修久了也覺得有些煩，難得有舒展拳腳的機會。

嘻嘻一笑，她揚手平空翻出一枝盛開的紫藤，花瓣輕揚，看起來柔弱無力，到了鄭劾眼前卻完全不是那回事。

那紛飛的花瓣居然割破了千百個法寶飛劍屢攻不下的劍霧，將鄭劾和瀲灩驚出一身汗。

但鄭劾正在氣頭上，真真發狠了。他剛剛蠻幹破陣，就是先打碎了漸微的幻影。漸微在他們倆的心目中恐怕比泰逢還尊貴百倍，心底那股難受真是沒法講了。一股怒火夾雜著整晚的窩囊一氣爆發，不管瀲灩怎麼喊、怎麼罵，還是宛如流星般衝上去。

瀲灩咬咬牙，也跟上去了。她現在漸漸領悟，他們倆瞎折騰的這對飛劍是一體的。合則威力猛烈，分開來恐怕連最差勁的飛劍都不如。不管她想不想、要不要，鄭劾拚了她就得拚，心念有個參差都不成。

就當作是修煉的一部分吧。她安慰自己，驅動飛劍彌補防禦的缺口。

管寧更覺有趣。這兩個小嫩皮看起來成仙未久，那兩把飛劍漂亮是很漂亮，火候未到，美人燈似的，吹吹就該壞了。沒想到合攻起來這麼凌厲，攻防合一，小嫩皮倒是心意相通，不發一語就配合得天衣無縫，很讓人眼睛一亮。

一面交手，她心底一面感嘆。她修煉已久，結界敢稱傲視群倫，但自格兒明白，已經抵達極限，無法再前進一步。這兩個毛孩子眼下讓她耍著玩，假以時日，別說勝

過她，四大天帝搞不好都不是他們的對手。

但她是狐妖出身，生性散漫無甚成見。儘管手底不停，但也沒出什麼殺著，純粹逗著玩罷了。就算將來比她還強，她也不覺得如何，反而起了愛才之意，處處容讓。

打得正緊，西北方卻冒出一股濃煙，伴隨著雷霆閃電。一只信火急速的飛入管寧的手中，她不禁神色大變。

瀲灩和鄭劾也止了飛劍，愣愣的看往濃煙冒起來的地方。那種不祥的氣味，死亡般的陰影。

管寧拋撇了他們，急往西北方而去，沒想到瀲灩和鄭劾飛得比她還急，一頭扎進濃煙之處。

他們倆的臉孔雪白，看著四處猖獗的無蟲人。做夢也想不到，無居然也入侵了天界，甚至在新皇城這麼近的地方肆虐。

滿心忿恨的鄭劾一聲長嘯，紅了眼睛撲了下去。

「冷靜點！」瀲灩對他嚷，「我還不能掌握神器阻擋無蟲的部分……」

「不需要！」鄭劾氣瘋了，「一點點都不需要！」

他驅使飛劍驟起如狂風，未落地就讓無蟲粉碎得連渣都找不到。

鄭劾對於法術上的領悟遠遠強過瀲灩，幾乎等於他的本能。才這麼一點時間，他已經掌握了這對怪物飛劍的要訣。

這胡鬧出來的飛劍，攻防皆可，並且可霧化幻變。極細小而模擬狂風更是小菜一碟。以狂風重創無蟲人，還是他從沐恩那兒領會到的。他們路西華一族原本是從大氣聖神艾爾所化，天生就是掌管風的王者。

所以沐恩對付無蟲人的時候，是強橫的用霸道如刃的狂風割碎構成無蟲人的無蟲，從根本徹底破壞。

鄭劾悟出這個手法，所以將飛劍霧化成千萬把細小得幾乎看不見的刀刃，狂催法力模擬狂風，一出手就重創無蟲人的本體。

自從誤闖天界，鄭劾就憋得快瘋了。沒頭沒腦的被追打一夜，他又守戒守成本能，不願傷人命，又被管寧耍了一路，怒氣已經快破天靈蓋了，肆虐人間和魔界的無居然出現在天界，更讓他失去理智。

不用顧忌的無蟲讓他大開殺戒，連鏈擊都捨棄不用，就是狂吼著使著飛劍，衝進無蟲堆裡蠻幹起來。

他的激昂感染了瀲灩，她也悶得慌，剛好有個出氣的管道。這對初度劫不久的落難宗師，使飛劍還不夠，乾脆衝進去拳打腳踢，又火雷交加，發洩滿心的煩悶怒氣。

無蟲人一下子被打矇了，陣腳大亂。無蟲本來是坦丁帶來天界，命令他們破壞月宮。雖說封天絕地，各界通道不是坍塌，就是封閉。但月宮和月球的關連很深，還有個時通時不通的通道。

他深深忌憚歐姆來者，但其他的聖神，艾爾根本不甩他，深淵又充滿怒氣的敷衍，伊芙蕾完全的嚇破膽，躲回去裝睡不應。勉強讓他叫醒的萊恩和協格又還沒全醒，光要他們守住聖地就很勉強，再說也不完全馴服。

坦丁最後醒悟，與其期待短命脆弱的人類，不如寄望連生命都說不上的無。

無自從有靈智並且快速進化後，反過來非常渴望存在，但依舊擁有「毀滅存在」的天性。這似乎是最完美的清道夫。

他用聖神的身分命令無，而無也用無比馴服回應他。原本在人間受挫的無蟲，對人間的強悍深感不安，統一意志的無蟻后又被十三夜帶往虛無之洋，他們試圖培養的

新蟻后卻屢屢遭到破滅，坦丁的參與不啻是針強心劑。

於是在入侵魔界之後，無也同時入侵天界。雖然缺乏魔界聖后那種聖神代言人，但天人是最早賦予無靈智的種族，進入天界如魚得水，很快的吞食了海島上的天人，並且兇猛的攻擊月宮。

不知道該說運氣好還是運氣不好，月宮就在東方天界境內。這輪猛攻雖然讓月宮死傷慘重，但也讓東方天帝御駕親征，無蟲被擊潰數次。

只是天人還不清楚屍體和無蟲的關係，被搶了不少屍體，無蟲人大軍成形，這才成僵持之勢。

猛攻不下，無蟲化整為零，分攻各方天界，大算用鯨吞蠶食的方法一點一滴的毀滅整個天界。

無蟲本來就居於地下，所以常常從地道出擊掠奪屍體，這也是為什麼大半的地面都有禁制的關係。瀲灩和鄭劾爆掉防禦大陣，無蟲大軍以為有機可趁，哪知道才出來殺沒兩個人，就被一輪亂打，他們還以為天帝回防了。

鄭劾和瀲灩在法力低微的時候，都可以借電力殺得無蟲潰敗，何況取回千年道行又完劫？憋了一肚子邪火，剛好大開大闔的痛下殺手。看他們要逃還不讓，硬生生禁錮了地面，不少無蟲人或怪物被活活斷成兩截，只是他們法力不夠，又沒好的法寶，終究還是讓他們突圍而去，只是又被管寧帶來的天兵天將大勦大滅了一番。

無蟲殘兵被追擊到月宮之前，逃得回去的不過是零星幾隻，整個突擊小隊幾乎全滅。

半路上管寧就帶大半的天兵天將回防了，只留支斥候監看。瀲灩和鄭劾不依不饒的窮追不捨，途中還幫了這支斥候小隊解圍。

這支斥候小隊嚇破膽又納悶，不知道這兩個小傢伙居然這麼厲害。想拿下，沒本事，不拿下，又覺得不太對。幸好管寧娘娘只吩咐跟著他們倆，別動手，一切以無蟲動向為要，這才安心了些。

共同追擊到月宮附近，這裡是兩軍對峙的主戰場，瀲灩和鄭劾氣呼呼的想繼續追下去，卻被個身穿金甲的年輕人攔住，「慢著！別衝動！」

追擊的斥候小隊這才徹底放了心，齊齊行軍禮，「參見天帝！」

瀲灩嚇了一大跳，不禁懊悔。真不該極怒攻心，一路窮追猛打，現在撞到正主兒手底了。

鄭劾也不太自在。但他打得興起，豪氣猶在，瞪著眼睛喊，「天帝又怎麼樣？」

潋灩垂下頭，呻吟的將臉埋在掌心。

穿著金甲的年輕人點頭，「就是說啊！天帝也不怎麼樣啊！煩死了，天天辦不完的事情……真的誰愛當誰去當好啦！」他轉頭看到那些尷尬的天兵還躬著身，「好啦好啦，知道了，還彎腰做啥？呃……平身平身……」

斥候隊長緊張的靠向年輕人，小小聲的報告，他很專注的聽，兩道劍眉越揚越高。

潋灩很想扯著鄭劾就逃之夭夭，可惜跟天帝出來的幾員大將已成包圍之勢，幾乎都是管寧的等級，甚至有高過她的。鄭劾又跟鬥雞一樣，還把她的手甩開。

太好了。她悶悶的想。從來沒有蛻變過，她也不知道蛻變後的境界和修為。一般度劫後的修道者往往要忙著飛升後的身後事，若飛升了，自然有神靈引導。而她原本的世界紀律嚴整，神靈更是絕不插手各界事物。飛升後想去別界，據說有非常嚴格的規定和限制，關於神靈的一切，更是保密到家，更不要提修煉或境界。

現在她和鄭劾已經不能用道門的境界來定義，但對神靈又茫然無知。鄭劾這樣怒髮衝冠，不知道算是正常還是不正常。

「……哇，小朋友，你打垮整個防禦大陣，還毀了兩個城區啊？」天帝滿眼驚奇讚賞，「不簡單不簡單，當年我也只打壞了南天門而已啊！」

「君心大人，」一個絕豔的年輕仙官直翻白眼，「別忘了你把九重天打壞了三重。」

「那不能算在我身上。」天帝爭辯，「那是初代放出去的反噬哪，關我什麼事情？」

「怎麼不關你的事情，不是因為你，我會累個賊死嗎？」仙官脾氣甚壞的嚷，「你到底幾時要幫我加薪？」

「皇親國戚加薪，有徇私之嫌哩。」天帝理直氣壯的說。

「誰跟你皇親國戚，你這渾小子！我罩你們倆要死喔！」仙官暴跳如雷。

他們自顧自的鬥口，瀲灩和鄭劾卻呆了。那個絕美的年輕仙官面目有三分像管寧，豔光照人。不但是九尾狐，還有種奇異熟悉的感覺。但那個年輕的天帝，勉強說應該是度劫後的人類修道者，但細看去還有妖氣、白魔，甚至還有點黑魔的味道。

雖然知道此界的人類血統混雜，混到這樣強烈的也不多見……但應該沒有九尾狐的血統。那這個親戚關係……是姻親？

等人人躬身喊王母的天后出現，他們更納悶了。還沒見過人類的殼，裡頭裝妖族的餡。但也跟九尾狐一點關係也沒有啊……

鄭劾更是沒來由的胸口發熱，摸不著頭腦的望著這位淡漠的天后娘娘。

仙官罵著罵著，不經意瞟了瀲灩一眼，又專注的看過來。「妳怎麼……」伸手就要抓。

鄭劾本能的還了他一飛劍，反而被瀲灩擋住了。「你打不累？夠了沒有？」

仙官驚奇的看他們兩眼，「……是我孟浪。小姑娘，妳這墜子……該不會是狐王令吧？」

瀲灩吃了一驚，摸了摸自己的脖子。這些年她都掛著狐玉郎給的狐王令，從不離身，到哪也沒放下過。

對了，她恍然。這個美豔的仙官和狐王有幾分相似。「……正是。」她解下狐王令遞給仙官。

「真是我那白癡老弟的！」仙官大驚，摩挲著狐王令，手微微顫抖，「唉，這傻小子……我叫狐影，是狐玉郎的哥哥。他可好？我們的青山之國還行麼？這渾球不暴躁打架以後，反而犯起傻了……」

千頭萬緒，反而不知道從哪說起。「聽說是還好。但心傷，難得醫。」

「來來來，你們細說給我聽。」狐影一手抓著瀲灩，一手抓著鄭劾，瞪著圍上來的天兵天將，「現在我可要逞一逞皇親國戚的威風了。這兩個小孩是我家裡送信的！不要命的儘管來要！」

他強橫的將人帶走，天帝攤手，「你們都聽見了？當初就說別蓋什麼皇城，勞民傷財。茅草屋能住就行，炸了也好修……」

天后橫了他一眼，他只能摸摸鼻子。「人就交給我們了，我自會發落。」

有他這句話，天兵天將才鬆了口氣，整齊的躬身，「謝陛下！」

他尷尬的搔搔臉孔，唉，這麼多年，他還是一點都不習慣哪！

被狐影抓進月宮裡，這是和無對峙的臨時指揮所，但曾被無蟲人入侵過，一片殘破不堪。

但這個天帝御駕親征的臨時宮殿，卻連修整都未曾修整，只是把瓦礫掃乾淨，擺上臨時趕製的桌椅，樸素得讓人難以相信，別說趕不上魔界至尊的派頭，連織堇的居處都比這兒氣派三分……說不定魔界窮苦人家都華貴些。

圍著一張大圓桌，天帝和大臣吵成一團，居然有仙官敢跳起來質疑天帝的決策，連連拍桌子。若在魔界那兒，不知道腦袋掉幾回了。

「別管他們，讓他們吵去。」狐影連連揮手，「來來，用茶，吃點心！我以前在都城開咖啡廳呢，手藝可是很有信心的……」

瀲灩猛然想起，「狐影？你……你是……我們在幻影咖啡廳待過，是上邪照顧我們的……」

「啊？那白癡夥計還好吧？沒炸了我的咖啡廳？」狐影激動的問。

……啊呀，居然是上邪以前的老闆呢。鄭劾大驚，猶豫的看著手裡的茶，小心翼翼的喝了一口……老天，真是驚人的甘醇，上邪怎麼沒學到精髓，弄出那種殺人的咖啡……

打了半天，他著實又餓又渴，發現茶沒問題，就伸手拿起綠豆糕，大大咬了一口……一旁問東問西的花仙來不及阻止，只能瞠目看他啃下去。

穿腸鴆毒也不過如此而已。

他吐出來，已然不及，嚥了一點點下去。雖說已經完劫，初具仙體，居然擋不住這樣厲害的點心。掐著喉嚨，從食道到胃，一陣陣翻山倒海的絞痛。

花仙滿眼同情，「狐影的點心連神仙都殺得死了……」纖手一指，「洗手間在那兒。」

鄭劾衝了過去，發出驚天動地的嘔吐，壓過了天帝與眾臣的爭辯。

瀲灩鐵青著臉，將茶杯和點心都推遠一點。她早該知道幻影咖啡廳的老闆都非同凡響，即使已經完劫，也禁受不起這樣厲害的食物飲料。

「奇怪，怎麼會這樣？」狐影咬了一口綠豆糕，「沒問題呀！我吃就好好的。」

「別拿你那種異乎常人的體質跟我們這些柔弱的神仙比。」花仙沒好氣的翻白眼。

等鄭劾軟綿綿的爬回來以後，除了水以外，什麼都不敢碰了。這個時候，他才對天人有了敬畏心，極為慘痛的。

為了不讓狐影繼續勸食，瀲灩急忙轉了話題，細述幻影咖啡廳的點點滴滴和人間的經歷。狐影聽得津津有味，也吸引了天帝和仙官的注意。天帝原本就出身人間，上天為帝不到百年，他帶來的直屬軍隊稱為「叛軍」，也幾乎是駐守人間的神仙，還有少部分的眾生。他的天后更是化人出差錯的大妖飛頭蠻。

人間幾乎是他們另一個故鄉，有客帶來故鄉的消息，不免都圍攏上來問長問短。有人感嘆，有人悲泣。各界殘破至此，通道絕對開不了。只能日日夜夜看著水藍的月灑淚，抬頭就可見，卻永遠回不去。

但狐影越聽越驚，等瀲灩要回答來處時，丟了個眼色給天帝天后，「你們遠來是客，不管發生什麼事情，還是先歇歇吧！君心大人、殷曼娘娘，你們也累了幾天，眼下無蟲大約會暫穩，都到我那兒養靜一下，喝個茶什麼的……」

天帝一縮脖子，「我可不想去你那兒吃任何東西……」

天后卻深深瞅了天帝一眼，「也好，我也覺得累了。星君，」她語氣轉溫和，

「勞你看一下，若無蟲有什麼動靜，請到狐影大人那兒叫我們一聲。」

「娘娘請放心。」一個雪白鬍鬚的長者躬身，「且安心休息。」

「但我不想休息呀，更不想去狐影那兒……」天帝抗議。想來他也被狐影的點心嚇破膽了。

天后攙著他，似笑非笑的，「有福共享，自然有難也同當囉！」不由分說的拉了他走。

即使吐得軟綿綿的，鄭劾還是感嘆。「天帝」聽起來多威風，結果還不是怕老婆。

但瀲灩扯著他走，即使死都不想去，他還是氣餒的跟著。幸好瀲灩不是他老婆，不然傳出去還能聽麼？

但瀲灩……算他的誰呢？沒來由的一陣失落。若不是落難，他跟瀲灩根本不會走到一道兒。師門有別，修的道門南轅北轍，同在高手之列，但彼此不對盤得緊。雖說眼下如此親密，實在是身邊沒別人了。

若飛升成了神靈，還能如此般親密無嫌隙麼？就算想讓人譏笑怕懼，她都沒機會了。

他兀自發愣，瀲灩橫了他一眼，「阿呆。」

鄭劾不禁羞得滿臉通紅。很神祕的，他們就有些心意相通，不用說出口就彼此了解。但讓她罵了一句，不知道為什麼，心就定了下來。

「嘖，妳就愛罵我。」他軟軟的抱怨了一句。

瀲灩別開頭，輕輕笑了一聲。這時候的她，真的非常可愛。

一進狐影廣大卻亂七八糟的房間，他就迫不急待的問，「你們就是周朔講的，從諸異界來的兩個孩子吧？」

天帝大大的咦了一聲，鎮定淡漠的天后也深深的看向他們。

「……你認識周朔？」瀲灩也嚇到了。

狐影解釋後，瀲灩才恍然大悟。周朔這鬼才靠了時通時不通的衛星，和人間取得了聯繫，也克服萬難的和天界取得聯繫了。

他們前腳才走，思緒縝密的周朔已經跟人間、天界都設法通信，告知了這兩個落

難者的身分，希望盡量給予協助。

雖說將他們倆整得生不如死，但這個前任彌賽亞私心還是非常疼愛他們的。

「周朔說，魔界也出現了無蟲。」狐影緊張的問，「但通信著實困難，他也不甚清楚……情形如何？哎，這下子真的三界共命……」

瀲灩定了定神，問了問。天界沒被疫病侵蝕過，防疫手段遠不如魔界。而且天界遭逢了幾千年生育之苦，非常珍視人命，末日時又死了那麼多天人，更是重視非常。既重生，就重死。葬禮非常繁複，更不忍摧毀親人屍身，泰半都是土葬。沒想到這成了無蟲繁衍的溫床。

一解開關鍵，天帝等才恍然大悟，何以無蟲人源源不絕。周朔在魔界住久了，不太了解天界的風土民情，所以沒想到要提點這個。

但摧毀屍體，也只是阻止更厲害的無蟲人出現。瀲灩心知肚明。只要神器沒有矯正，衰亡繼續滲漏，這依舊是徒勞無功的戰役。無沒有消耗的問題，但三界的生靈卻有。

只是早和晚。

但她不知道要怎麼說明，於是沉默了下來。

鄭劾卻一直看著天后，心裡越來越迷惘不解。他也不懂為什麼會盯著天后直瞧，直到他隨身帶著的水晶試管發出光亮和溫熱，才讓他了悟。

這是大妖的魂魄碎片。雖然他知道絕對不能吃，但閒暇時還是會拿出來看。尤其是被周朔操得要死，累到睡不著時，他會拿出來一顆顆凝視、感受。

大妖的靜默和壓抑，吞過微塵的眾生，殘存的執念。或許當中有血腥暴戾，但也有哀傷和執著。

具體而微，一個個殘破的人生。看了十餘年，三千多的日子。

「呃，天后。」他掏出水晶試管，「我想，這是妳的東西。無意間落到我手底，也該物歸原主了。」他遞了過去。

千萬微塵，我魂魄的碎片。天后愣住，遲遲沒有接過去。

她心底湧起千般滋味，卻說不明也道不清。天帝嚇了一大跳，看看她，又看看微塵。

「……小曼姐？」

她遲疑的伸手，狐影的房門突然嘩的一聲大開，連狐影的禁制都一起炸了。

「爹，娘！無蟲在集結呢！」一個少年大嚷，和天帝打扮差不多，身穿燦然金甲，背著一把巨劍，面容英氣逼人，神采飛揚，「請讓我領兵討伐！」

殷曼微微一笑，對著瀲灩和鄭劾說，「這是我女兒殷熒。」她皺眉，「好好說便罷，為什麼炸了叔公的禁制？」

「喂，我不到叔公的年紀！」狐影變色。

「來人多少？」君心站起來，「好啊，不怕死就儘管來！」

殷熒身後閃出一個小姑娘，笑嘻嘻的，「估計不到五萬，殷曼姊姊，我和小熒去打發就得了。」

「小火妳別添亂！」狐影怒喝。「兵荒馬亂的……」

「我不添點戰功，沒資格當狐影夫人呢！」狐火泰然自若的說，狐影的臉孔刷地通紅。「……小丫頭滿口胡言亂語。」

「消耗戰。」沉默已久的瀲灩心底又更沉重。

「沒錯，是消耗戰。」君心點頭，「小熒，小火，給你們五千兵馬，把他們轟回去。對了，時間太緊沒時間操練……傳令下去，所有友軍屍體就地焚燒，無蟲就靠那

個繁衍的，懂嗎？」

「……我們也去。」瀲灩鬱鬱的說，「用說的不容易明白，打一仗就懂了。」

這是與無開戰以來，天界第一場的「有效戰役」。

這場戰役沒讓無得到任何屍體，甚至有效的重創無，而不是靠天人強加的神威。瀲灩和鄭劾的手法讓天人大軍有了很深的體悟，從此奠定了和無爭鬥的常規戰術。

這場戰役讓天人士氣大振，雖然就地焚燒屍體引起許多爭議。東方天帝君心試圖徹底貫徹，但還是有人私下違反。然而，一具屍體就可以衍生無數更棘手的無蟲人，所以讓原本可以快速結束的戰爭徒勞的延續了許多年，犧牲了更多人命。

即使知道方法，他方天界也遭逢了貫徹不易的困難。然而，只要有一隻無蟲未死，一具屍體被奪，就可以衍生出千萬隻無蟲人，使得天界的戰線綿延得更長。直到魔界徹底清除無之後二十三年，才正式宣告無的絕跡，僅僅比人間快了一年多。

末日後，無和其衍生物與三界纏鬥了將近兩世紀，才真正的宣告滅亡落幕。

但這個時候，只是一個開始。

這戰告捷，但有更多戰役等待他們。現在的熱烈慶祝只是暫時的喘息。

讓瀲灩和鄭劾訝異的是，殷曼謝絕了微塵。

「這麼多年，我沒有微塵，也已經將自己的魂魄補全。」她淡淡的，「我已經有夫有子，人生已然完備，不需要這些微塵了。」

是呀，她已經失去壓抑和靜默，入世有了眷念。要那些微塵做什麼？已經完整的魂魄，那些微塵要放在哪？她早已不是那個靜默離世的大妖了。

「若對你們有幫助，你們不妨拿去。」她溫和的說，「若是有需要的人，也不妨贈給他。但是……」她粲然一笑，「微塵就這麼定案吧！只是你們毀壞皇城，坍倒大陣，若不處置，於理也說不過去。」

「呃，小曼姐，」君心慌著插嘴，這兩個孩子直率坦白，他很喜歡，他知道小曼雖然溫和，卻鐵面無私，遇到自己親舊，只有罰更重的，沒得徇情，還是想求個饒，「就只是誤會嘛，跟小孩子不要太計較……」

「不行。」她嚴肅起來，「都是民脂民膏，怎可不論處？」

「小曼，這麼嚴格做什麼？」狐影也叫了起來，「這仗可是這兩個小孩幫著打才輕鬆過……」

「沒錯。」殷曼笑了起來，「就因為兩位貴客給的戰略，終於可以少死不少人，省下無數軍資，兩下功過相抵，這就罷了。」

瀲灩愣愣的看著她，溫熱湧上了眼眶。她漫遊三界，見過無數的人。鄭劾說得對，不管是什麼眾生還是人類，終究都是「人」。

泰逢的遺憾和執著，她也完完全全明白了。現在，她也好喜歡他們，每一個，這異鄉的任何一個「人」。

她修道終於有個真正的目的。她並非逃避生死輪迴的蠹蟲，而能夠真正有所為了。

他們，早已在「道」之中，無需遠求。

「請讓我們取道到月球去。」瀲灩說。

原以為要大費脣舌，但天帝和天后的態度非常乾脆，「好，沒問題。這兒原本就不是你們的終點。」

狐影穩定時通時不通的月宮通道，天帝和天后當左輔右弼。站在光燦的傳送陣中，瀲灩的心，緊緊的揪緊。

真害怕，真的很害怕。他們若不能達成任務，辜負這有情眾生，當如何是好？

但鄭劾牽住她的手。掌心這樣溫暖、堅定。

白光一閃，他們踏向了未知的終點……最少這個時候，他們以為是終點。

（第四部完）

補遺　泰逢

她又做夢了。

只是她沒想到這次的夢這麼重要，重要到驚動世界，展開「營救麒麟行動」，不只有禁咒師宋明峰，甚至連紅十字會和慈，無數高人都投入這個驚人的計畫。

就在無的白蟻后幾乎被文字填滿時，她做了一個無比清晰的夢，甚至破除了堅固的迷障，成了第一個除了遨遊虛無之洋，甚至可以悠遊幽界的弋游。

十三夜眨了眨眼，不怎麼清楚自己為什麼會在這兒。

濃重卻溫暖的黑暗中，點點星塵構成莊嚴美麗的人物。那人抬起兜帽下的絕美臉龐，愣了一下，食指豎在唇間，示意她不要說話，並且挪到前面，將她遮起來。

所以，她聽到的幾乎只有聲音。但都是非常熟悉的聲音。

「……你這個……你這個傢伙……」黃梁的聲音幾乎要破聲，怒氣滿檔，「泰逢！你到底要犯規到什麼程度啊～～」

「我哪有？」星塵構成的人兒很無辜，「那兩個小傢伙是我的觀察對象欸。」

「你在我們理性孤星的地頭上，越過你無數權限……」

「我又不是理性孤星小隊的，不歸你們管唷。」

「狡辯！」黃梁已經抓狂了，「你可以跟他們接觸？你瘋了不成？你明明知道老大不准我們……尤其是你！你是被重點監視的問題對象！你是不是很想被開除？吭?!」

「那她呢？」泰逢滿腹委屈，「你們還不是跟麒麟種玩得很開心？這就叫做……叫做……呃，放火點燈？」

「只准州官放火，不准百姓點燈啦。」麒麟的聲音響起，充滿幸災樂禍，「蕙娘，別站著，坐下來坐下來……難得看到泰坦吵架……嘖嘖，真難得一見哩。」

「妳看，」泰逢抓到把柄，「她們也知道我們的身分。說犯規，誰沒有呢……」

「你給我閉嘴啊，笨蛋！」黃梁尖叫起來，「她好歹還什麼都不算是，何況我又沒被盯梢！你算算你被記了多少大過，就要犯滿開除啦！你是不是很想被踢出計畫？是不是？你一生的心血都在這裡……」她突然響起排鐘聲，狂風暴雨般，響個沒完沒了。

若不是南柯打斷，還不知道要響到幾時。「好了好了，別罵了。」他聽起來很喘，「上下都打點好了，別再提了。不是我說你，泰逢啊，你這少根筋也改改，有點眼色好不好？你亂操作觀察對象的『偶然』，我們睜隻眼閉隻眼就算了，你居然還現形！現形就慘翻了，你居然還跟觀察對象溝通！真不知死活啊你……」

「對啊，太不應該了。」麒麟搭腔，「更不應該的是，說話不算話，我打賭都贏了，還不放我走……」

「說我呢。」泰逢理直氣壯，「你們還跟觀察對象打賭，這我可沒有。」

「住口！」黃梁吼，好一會兒只有粗喘聲。等再開口時，聲音非常疲倦，「……南柯，其他人罷了，組長你怎麼說得動？」

南柯苦笑兩聲，「組長把耳朵捂起來，大喊大叫說他什麼都不知道，別告訴他，尤其有關泰逢的任何一個字。」

一下子，所有人都沉默下來。良久，黃梁才沮喪的嘆息一聲。「……咱們同事這麼久，老朋友了。泰逢，這次遮掩得過去，下次呢？幸好監察員不在家，在家誰有辦法？你拜託一下，千萬不要……」

「好啦。」泰逢低頭，「反正……我能做的、該做的都做了，不就想糾正個錯誤？那麼多臭規矩……你們幫我遮掩，但她呢？」他指了指麒麟，「等監察員巡邏回來，你們藏哪去？」

這次換南柯嘆息了。「……只能說我們活該。」

「我們已經給了提示，是她找不到正確的『道』。」黃梁沮喪了，「她的式神棄絕所有，早就可以走了。是她……」

「原來如此。」麒麟笑咪咪的，「但要怎麼棄絕所有呢？」

「那是……」黃梁話到一半，突然視線穿過泰逢，看到了十三夜。「……泰逢！」

「哈哈哈！」麒麟狂笑，「噬菌體，我倒是了解一點點了。」她撲了過來，將自己強悍的存在化成文字，灌到附身在十三夜體內的無蠖后。

無蟻后發出淒慘的尖叫，終於消滅了。

「嘖，還不成。」麒麟對著漸漸成了虛影的十三夜喊，「跟我徒兒說……」

「說什麼呢？」十三夜愣愣的問。她全身溼漉漉的，還沾著虛無之洋和夢境之海的水滴。

吃力的撐起手肘——人類的手肘，和躺在床上的聖面面相覷。

潛游了將近半世紀，她終於回到人間。

想過無數次，她和聖重逢的時候，該說些什麼。但她沒想到她說的卻只是……

「……早安。」她的眼眶湧出真正的淚水，卻是笑著的。

「早安。」輕輕扶著她的臉頰，「早安。」聖的眼淚滑下斑白的鬢邊。

那是一個陰雨綿綿的凌晨，寒冷侵袖，北風呼呼的吹，非常淒涼。但對他們來講，這是一生裡最燦爛的「好天氣」。

他們相擁而泣，為了這半世紀的別離和重逢。

（補遺完）

附錄：一分鐘了解設定集

問：我看不懂設定。

答：噢，看不懂是正常的。所以我設計了「一分鐘了解設定集」。如果還是看不懂，就只好麻煩你隨故事解謎了。

泰坦們：我們和宇宙從哪來的？

泰坦一：我不知道。

泰坦二：我也不知道。

泰坦三：？

於是「泰坦創界計畫」開始了。

泰坦們：先造個培養皿吧！
泰坦一：我說咒（語言）
泰坦二：我寫符（文字）
泰坦三：？

於是虛無之洋出現了。

泰坦們：扔個變因看看。
泰坦一：我看著。
泰坦二：我們觀察，不動手。
泰坦三：？

於是眾異界誕生了。

泰坦們：誰下去取樣和拍照？
泰坦一：我不行。
泰坦二：不能現形，這是規定。
泰坦三：？

於是負責拍照和取樣的初代弋游誕生了。

泰坦們：弋游死了。
泰坦一：哭哭。
泰坦二：嗚嗚。
泰坦三：？

於是初代弋游掛點，間接促進了類似泰坦文明的誕生。

泰坦們：實驗結果出現了！

泰坦一：太好了！

泰坦二：給他們一點刺激，看能不能長快一點！

泰坦三：？

於是原界（瀲灩和鄭劾的世界）被發現，讓泰坦們熱心的注視發展。

泰坦們：他們如我們般會蛻變欸！

泰坦一：哇，完全變態！

泰坦二：是不完全變態才對。

泰坦三：？

原界生靈進化到會蛻變（如此界成仙）。

泰坦們：這些蛻變（成仙）的生物想跟我們交流。（煩惱）

泰坦一：規定是不行的。（煩惱）

泰坦二：規定就是用來破壞的。給一點吧，大哥。（教導知識）

泰坦三：？

泰坦們教導蛻變生靈（成仙者）一點曲折委婉的知識。當中一個不識相卻特別聰明的傢伙，創造了可以「創造世界」的神器。

泰坦們：糟了！這玩具會破壞平衡！

泰坦一：我們是觀察者。（堅持）

泰坦二：錯誤要糾正。（堅持）

泰坦三：？

趁泰坦吵架的時候，這傢伙把神器藏起來，被更不長眼的理性和精神偷到手，逃到太陽系，啟動了神器。

後來理性和精神打架，精神沒地方告家暴，帶著一半的神器哭哭離家出走，開闢了地球的鏡相姊妹星。

泰坦們：完蛋了！（抱頭）

泰坦一：好可憐。（哭）

泰坦二：別叫我去銷毀，我不要！（也哭）

泰坦三：？

於是地球安存下來，泰坦們派了小隊分別觀察。

泰坦一：好感人的生物唷，規則放鬆一點會怎樣？（放水）

泰坦二：又不是他們的錯，創世者那兩個混帳東西……（放水）

泰坦三：？

泰坦們：違反規定！統統減薪降級！

於是，泰坦們依舊注視著、觀察著。

泰坦們：咦？我們不是要找起源嗎？

泰坦一：不重要。（跟麒麟喝茶）

泰坦二：好玩就好。（找原界白魔交流知識）

泰坦三：？

所以，這廣大的設定世界是一群天然呆、好心腸又愛哭的泰坦們實驗的一部分。可喜可賀，可喜可賀（？）。

作者的話

瀲灩開稿的時機實在不太好，剛好是我身體最差勁的時候。但我不是想抱怨這個。

之所以會寫得很慢，除了我身體不好外，再來就是這一部想要說的實在太多。細寫或許也行，但這樣焦點就徹底模糊了，但不寫又覺得有點不甘心。畢竟我已經設定得非常非常細，除非我甘願寫個設定集專門交代……但這樣就很騙錢。

所以，光光第一章我就翻來覆去想那個切入點，連貓兒臉的切入我都覺得有點離題。

但離題的又不是我而已，金庸老大也從八百里外兜個不相干的人來切入，曹大家寫紅樓不也來個劉姥姥，我從貓臉女宰相和皇儲沐恩的邂逅切入，也不算過分了。

所以，我就從貓兒臉開始切入，側寫魔界那種君主專制、政治婚姻和陰謀狡詐開

始，讓我差點變成騙錢設定集的部分可以正常進入故事流程中。

當然這樣寫很過癮，只是讀者一直在催逼主角快點出現，我有點無奈而已。這部不是《瀲灩和鄭劾》，而是《瀲灩遊》。我起名字真的很沒有天分，但重點在「遊」這個字。

既然我沒時間跟心力寫魔界的血淚史，那總可以讓我在這遊歷的過程中偷渡一下吧？

於是就成了這篇前三章都在離題，主角出場極少的小說。但大家都知道我是這樣的任性，所以……（聳肩）

當然，我承認，之前斷頭的《葛葉之章》的確是我練筆之作，我也將葛葉的形象轉化成貓兒臉。沒錯，大家說的都對，我的主角好單一，女主角老愛唸書，老要經歷情傷，都走傷痛系的。

完全正確。

我就愛這種調調，我就喜歡這種女人。要我寫個無理取鬧，白癡當無邪，愚蠢當純真，厭惡閱讀的女主角……我不如封筆算了。

對主角有愛才有辦法想到腦漿沸騰，神經要斷裂，才能夠忍受寫作的孤獨寂寞。沒有愛還寫幹嘛？我寫的女主角真的只有幾種類型，我也很沒辦法，因為我喜歡的就是這幾類而已。

我的確不是個有獨特創意的作者，我承認。我只是說書人嘛！

這部橫跨了魔界和天界，甚至泰逢都來插一腳。我相信，不管是泰坦還是關於符文論，都會讓讀者滿頭霧水，但我真的已經盡力解釋了。當然，我也可以弄個FAQ或答客問之類的……所以，我很任性的把那些放在附錄中。

如果這樣還看不懂，我真的沒辦法了。

不過有個好消息告訴各位……這個折磨讀者也折磨作者的《潋灩遊》，終於在第五部就可以結束了，至此「列姑射神話」的正史就可以宣告落幕。

等我第五部寫完，我想我會有段時間都不想去碰這種結構旁大的系列作，頂多照《荒厄》模式，寫個四本就了結，省得折磨讀者和我自己。

畢竟我不是個很有創意的作家，我只是說書人嘛！

寫到現在，我也會苦笑。真的，很苦笑。

我跟ＢＺ（編按：Blizzard Entertainment，是一家全球知名的電視遊戲和電腦遊戲軟體公司）一點關係都沒有，請相信我。我寫《禁咒師》的時候，就大致的想過世界之上的「泰坦」。會起名為「泰坦」，實在是我懶得想名字，剛好在看神話，就隨便塞個上古神族「泰坦」進去。

但是ＷＯＷ（編按：指電玩「魔獸世界」）的奧杜亞（編按：「魔獸世界」中的一個副本）一開，我就爆炸了。我瞠目看著和我相類似的設定，突然不知道該怎麼辦才好。

創世者留下來的看守者也意圖毀滅世界，同樣看成實驗株……

我真的整個呆掉，抱著腦袋燒了好幾天。

我不知道該怎麼辦，因為寫定的、設定好的，我無法變更。但這種巧合我真的哭笑不得。

就像死騎設定的巧合，將會出現的聯盟狼人（還那麼巧跟夜精靈有關哩），像我想要寫沒寫的吉爾吉斯王國（媽啊……），到處撞創意，是否我的不對？

但沒有辦法，真的，沒有辦法。就算會被說是抄襲，我還是得寫下去。

（最好我可以預知抄襲啦……Orz）

寫作這條路啊，真的是……讓人不知道該怎麼說。

當然，「魔獸」對我的影響真的很深。寫到煩悶，我會忍不住埋一些彩蛋。

例如說：

李嘉氣得發抖，「……孩子，你還不是我的王。魔王有令……」

烏瑟對阿薩斯：「孩子，你還不是我的王。」（WOW副本：斯坦索姆的抉擇對白）

魔王不怒反笑，「很大膽的陳述啊，皇儲。」

巫妖王對大領主：「很大膽的陳述啊……」（「憤怒之門」安格拉薩動畫對白）

魔王在百官之前，宣布了皇儲縱放純血少年、少女的罪狀……然後把他按在膝蓋上，打了一百個屁股。

《幽遊白書》中閻王對小閻王的懲罰。

這些還是該說明一下，畢竟不完全是我的點子。只是埋這些彩蛋的時候，我只是單純想惡搞一下。

希望還能在下一本書裡與各位重逢，並且希望我的惡搞魂不要再芽起來了。

蝴蝶2009/10/10

國家圖書館出版品預行編目資料

激灩遊 / 蝴蝶著. -- 初版. -- 新北市
板橋區：雅書堂文化, 2009.12
面； 公分. --（蝴蝶館；35）
ISBN 978-986-6648-97-7（第4冊：平裝）

857.7 97015373

蝴蝶館 35

激灩遊IV

作　　者／蝴　蝶
發 行 人／詹慶和
總 編 輯／蔡麗玲
執行編輯／蔡毓玲
編　　輯／林昱彤・劉蕙寧・詹凱雲・黃璟安・陳姿伶
執行美編／陳麗娜
美術編輯／周盈汝・李盈儀
封面設計／斐類設計

出版者／雅書堂文化事業有限公司
郵政劃撥帳號／18225950
戶名／雅書堂文化事業有限公司
地址／新北市板橋區板新路206號3樓
電子信箱／elegant.books@msa.hinet.net
電話／(02)8952-4078
傳真／(02)8952-4084

2009年12月初版一刷　2014年2月初版五刷　定價200元

總經銷／朝日文化事業有限公司
進退貨地址／新北市中和區橋安街15巷1號7樓
電話／（02）2249-7714　傳真／（02）2249-8715
星馬地區總代理：諾文文化事業私人有限公司
新加坡／Novum Organum PUBlishing House (Pte) Ltd.
20 Old Toh Tuck Road, Singapore 597655.
TEL： 65-6462-6141　FAX：65-6469-4043
馬來西亞／Novum Organum PUBlishing House (M) Sdn. Bhd.
No. 8, Jalan 7/118B, Desa Tun Razak, 56000 Kuala Lumpur, Malaysia
TEL：603-9179-6333　FAX：603-9179-6060

Seba

Seba